出迎えたのは、丸い顔型の優しそうな男だった。
クロム・レストロア侯爵。
ラインハルトたちも住むここレストロア領の領主である。

「我らが守神の神託。取りこぼすようではこの命で償うほかありません」
「ありがたや……ありがたや……」

「いや、いいから。そういうのじゃないから。命とかいいから」

「……口の軽いやつだ」
そこに一人の男がいた。

新米オッサン冒険者、最強パーティに死ぬほど鍛えられて無敵になる。

12

岸馬きらく

口絵・本文イラスト　Tea

新米オッサン冒険者、最強パーティに死ぬほど鍛えられて無敵になる。⑫

プロローグ——005

第一話——025
アリスレート過去編1

第二話——072
アリスレート過去編2

第三話——110
アリスレート過去編3

第四話——134
アリスレート過去編4

第五話——198
アリスレート過去編5『星の見る夢』

エピローグ——236

あとがき——248

プロローグ

ディルムット公国での一件から一か月が経《た》った。

リック・グラディアートルは、『オリハルコンフィスト』の集会場であるビークハイル城の城下にある森の中にいた。

その目の前にあるのは巨大《きょだい》な岩である。

直径は約５ｍ。

実際に目の前にしてみると凄《すさ》まじい重量感である。

こんなものの下敷《したじ》きになれば普通《ふつう》の人間はタダでは済まない。

そんな人間の本能的な危険信号に訴《うった》えかけてくる大岩に対しリックは。

「ふっ」

右手の人差し指でその岩を突《つ》いた。

バキンと、指が岩にめり込《こ》む。

そして。

ピキピキピキ。

と、大岩全体に亀裂《きれつ》が走り始め……。

バキイイイイイイイイイイイイイイン!!

と、大岩が粉々に砕《くだ》けた。

「……」

リックは岩の破片《はへん》を黙《だま》って眺《なが》めていたが。

「……ダメだな。これではダメだ」

そう言って首を横に振《ふ》った。

もし誰《だれ》かが見ていたら、指一本で大岩を木《こ》っ端《ぱ》みじんにしておいて一体何がダメなんだとツッコミが入っていたことだろう。

(あの男……ミハエルはこれじゃ倒《たお》せない)

一か月前、ディルムット公国で対面した少年。

リックがあれほど苦戦した、元Sランク冒険者《ぼうけんしゃ》にして『超越者《イクシード》』六位、赤蜻蛉《ドラゴンフライ》を容易《たやす》く切り伏《ふ》せたあの怪物《かいぶつ》には……残念ながら今のリックではどう足掻《あが》いても勝てないだろう。

「『蛮勇覚醒《ばんゆうかくせい》』を使っても……まあ、無理だろうな」

リックは闘技会《とうぎかい》において、素手《すで》の真っ向からの殴《なぐ》り合いのみという条件ではブロストン

と互角《ごかく》の戦いを演じている。

もちろん、ブロストンの本業はヒーラーであり、他にも各種様々な魔法《まほう》が使用でき、豊富な知識と高い知性を活《い》かした手練手管こそが最大の武器なのだが……。

そんなリックからして『固有スキル』を使っても勝てる気が全くしないというあたりが、あの男の恐《おそ》ろしさを物語っていると言えるだろう。

（『六宝玉』の一つがアイツの手にある以上は、いずれ戦うことになる可能性は高い。先輩《せんぱい》たちに戦ってもらうって手もあるが……）

実は、リックはあまり運命やオカルトなどを信じる性質《たち》ではない。

どちらかと言えば信仰心《しんこうしん》は薄《うす》く、この世は必然と確率でできていると思っているタイプである。

だが、なんとなく。

感じるのだ。

自分はあの少年と戦うことになると。

「だけど、今の俺《おれ》の実力では厳しい……か」

そうなればやるべきことは一つだろう。

「……やるしかないか、また修行《しゅぎょう》を」

そう、今力が足りないのであれば努力して強くなるしかない。

幸いというか、パーティの目標からするとあまりいいことではないのだが、新しい『六宝玉』を持っていかれてその所在が定かではない。

『青皇《せいおう》』を使って、再び『白貴《はっき》』の在《あ》り処《か》をマッピングするにはあと二か月近くかかる。

そんなわけで、まとまった時間が取れているのである。

「はあ。別に修行好きなわけじゃないんだけどなあ」

リックはそう呟《つぶや》くのだった。

□□

ビークハイル城の食堂では、三人の男が席に座《すわ》って話していた。

「リックのやつには、一通り話してあるが……」

一人はラインハルト・ブロンズレオ。

見た目は六十代程《ほど》でありながら、赤銅色《しゃくどういろ》の髪《かみ》に筋骨隆々《きんこつりゅうりゅう》の若々しい肉体。

驚《おどろ》くことにその実年齢《じつねんれい》は二百歳《さい》を超《こ》えている。

（最近は来てなかったが、リーネットちゃんが掃除《そうじ》してるからか男連中だけいた時より遥《はる》

かに綺麗《きれい》になってるよなあ）

ラインハルトは食堂を見回してそんなことを思い出しながら、話を続ける。

「前にお前たちが騎士団《きしだん》学校に潜入《せんにゅう》した時に、リックとリーネットちゃんが俺に話を聞きに来ただろ？」

「ああ、そうだな。お前から聞いたお前しか知らないはずの非活性状態の『六宝玉』が触媒化《しょくばい》できるという情報を、クライン学校長が知っていたのでな」

そう答えたのはブロストン・アッシュオーク。

ラインハルトを上回る２３０ｃｍの巨体を持つオークである。

本来オークは言葉を解さないモンスターなのだが、当然のように話すことができ、その口調や立ち振る舞《ふま》いは知性に満ちていた。

「まあ、その通りおかしな話なんだわ。何より『六宝玉』を人体に埋《う》め込む術式は、俺と同じ『伝説の五人』の一人……とっくの昔に死んだロゼッタのやつしか知らんからな。知ってたとしても技術的にできるやつがいるかどうか……」

「んで？　調べたらなんか見つかったんやろ？」

そう言ったのは三人目、ミゼット・エルドワーフである。

非常に整った顔立ちのハーフエルフだが意地の悪そうな表情を浮《う》かべながら、何やらごつごつとした金属製の武器を磨《みが》いていた。

千年先を行くと言われるミゼットの武器だ。

ブロストンのような凄まじい知識量があるならまだしも、ラインハルトから見ると「手で持って運べる何かを発射する筒《つつ》のようなモノ」くらいしか想像できなかった。

ラインハルトはミゼットの質問に頷《うなず》いて言う。

「実際に見てきたんだよ。その学校長の中から出てきたっつーモンスターの死骸《しがい》をな」

「へえ、よく見せてもらえたやんけ。秘密主義大好きの魔法研究省辺りが保管しとったんとちゃうの？」

「まあ二百年も生きてりゃ、色々とツテがあるもんだ」

そう言って肩《かた》をすくめるラインハルト。

正直あんまり使いたくないツテだったが、まあこういう時くらいしか使い道がないのだ。腐《くさ》らせておく理由もないだろう。

「でまあ結論から言うと、学校長に使われたのはマジでロゼッタの術式だった。それだけじゃなくて、術式に使われた魔力《まりょく》はストライドの……別の『伝説の五人』の魔力だった」

「「!?」」

ラインハルトの言葉に、目を見開くブロストンとミゼット。

なかなかこの二人がここまで驚く姿は見ることがない。

まあラインハルト自身このことを知った時には、同じように驚いたわけだが。

「ほんと、どうなってんだって感じなんだよな。『伝説の五人』は全員人間族。俺は小細工でまだ死んでねえけど、俺以外のやつは全員死んでるんだ。つーか、全員俺が葬儀《そうぎ》やったし」

「……」

ブロストンは顎《あご》に手を当てて思考を巡《めぐ》らせていた。

しかし、さすがのブロストンも今回ばかりはすぐに明確な推察を考え出すことはできなかったようだ。

「まあでも……これはもうアンタらの時代に関《かか》わってる『何か』が、裏にいるのは間違《まちが》いなさそうやな」

ミゼットは武器をテーブルの上に置き、背もたれに寄りかかりながらそう言った。

「そうだな」

頷くラインハルト。

「だからまあ、これからは俺も同行するぞ。この時代の冒険《ぼうけん》はこの時代の冒険者たちのためにある……そう思って俺は『オリハルコンフィスト』を途中《とちゅう》で抜《ぬ》けたが、俺たちの時代の遺物が紛《まぎ》れ込んでるなら話は別だ。俺がきっちり片付けてやらねえとな」

ラインハルトは真剣《しんけん》な表情でそう言った。

「ラインハルト様、お茶はいかがでしょうか？」

いつの間にかティーセットを持ってハーフダークエルフのメイド、リーネットが隣《となり》に立っていた。

「ああ、ありがとなリーネットちゃん」

そう言ってカップを取ろうとしたとき。

ドゴオオオオオオオオオオオオオオオオオオオオオン!!

と、庭の方で爆発《ばくはつ》が起きた。

□□

爆発音《ばくはつおん》を聞いてラインハルトたちが庭の方に出ると。

「だから違《ちが》いますって!!　アリスレート先輩!!」

リックがアリスレートと向かい合って立っていた。

そして両者の真ん中の地面には巨大な大穴が空いており、ジュージューと煙《けむり》が上がっている。

まあこれだけで何となくラインハルトにも想像はつくのだが、一応聞いてみる。

「何があったんだよ、こんな朝っぱらから」

答えたのは赤い髪の十二歳の少女。

アリスレート・ドラクルである。

「んーとねー。リッくんが、また修行手伝《おあそび》ってっていうから、とりあえず火の玉をぽーんてしたんだよ」

「確かに修行をしたいから手伝ってほしいって言いましたけど!! 防御《ぼうぎょ》の修行じゃないですからね!!」

リックが猛烈《もうれつ》な勢いでツッコむ。

「てか、先輩の『火の玉ポーン』はとりあえずでやっていいものじゃないですからね!? 俺じゃなかったら死んでますよ!! いや、俺でも何回も死んでますけど!!」

そんな姿を見てラインハルトは苦笑いする。

（リックのやつ、相変わらず馬鹿《ばか》強い変人に囲まれて苦労してんなあ……）

「ところで、その修行というのは何をしようとしたのだ？」

リックの修行をメインで付けていたブロストンがそう質問する。

「あれです、修行の時に一度だけ使った時空間魔法。『エアショット』じゃなくて、『エアクッション』の習得に使ったほうのやつ。あれを使いたくて」

「なるほど、『エクステンションスペース』か。ということは……」

ブロストンがみなまで言う前にリックが答える。

「はい。今回の修行は俺一人でやります」

「……うむ、よい判断だ。オレの考案した死ぬレベルの負荷《ふか》を体にかけて体力を向上させるトレーニングでは、すでにリックの体は慣れきってしまっているからな」

ブロストンは頷いた。

「ここで磨くべきは、自らの体に自ら時間をかけて向き合うことだ。その時間はさすがに二年間ではなかなか取れなかったからな……さっそく準備しよう。アリスレートよ、頼《たの》めるな？」

「はーい」

そう言って、城の中に入っていくブロストンとアリスレート。

その後ろについていくリックを見て、ラインハルトは呟く。

「……リックのやつ、ちょっと見ない間にまた一段と頼もしくなったよなあ」

なんと言うか……ちょっとだけアイツに似てきた。

ラインハルトにとって、二百年経っても決して忘れることのできないあの男に。

「そうでしょうか？」

ラインハルトの呟きに反応したのはリーネットだった。

「リック様は元々頼もしかったですよ」

いつものように淡々《たんたん》とした口調で、しかし旦那《だんな》の自慢《じまん》でもするような感じでリーネットはそう言った。

「……はは」

そんな姿は……これまたラインハルトにとって忘れられない人間の姿に重なった。

こちらの方は性格は大分違うが、自分の男に対しての信頼《しんらい》みたいなものは似ている。

「時代は巡るんだなあ」

ラインハルトは改めてそんなことを思った。

□□

「へえ。地下は今こんな風になってたのか」

ブロストンたちの後についてラインハルトがやってきたのは、『ビークハイル城』の地下であった。

ラインハルトとブロストンが『ビークハイル城』を前の持ち主から譲《ゆず》り受けた時は、骨董品《こっとうひん》なのかゴミなのかよく分からないもので溢《あふ》れかえっていたのだが、今ではそれらが撤去《てっきょ》されていた。

代わりに高級そうな絨毯《じゅうたん》が敷《し》かれ、書物が並び、センスのいいテーブルとソファーが置かれ、壁《かべ》には絵画、そしてアロマの瓶《びん》が並んでいた。

ブロストンが言う。

「ここは各人のリラックススペースになっていてな。オレも時々ここで読者をしたりしている」

「その割にはリラックスに程遠《ほどとお》い、重々しいモノが置いてあるが……」

ラインハルトが部屋の端《はし》を見ると、そこには様々な重さの鉄球が転がっていた。

当たり前のようにt単位の重さが書いてあるものがいくつもあり、ここでもリックの苦労がうかがい知れるというものである。

「一部物置として使ってもいる……さて」

ブロストンはそう言うと、壁に飾《かざ》ってある縦長の絵画を外す。

そこには、壁に書かれた術式があった。

ラインハルトはその術式を見て言う。

「これはなんの術式だ？　昔、ストライドのやつが時間のかかる武器の魔法付与《まほうふよ》を短時間で終わらせるために使ってた空間魔法と似てるが……」

ブロストンが答える。

「ああ、これはお前のかつての仲間。『伝説の五人』の一人『魔道正典』ストライド・ジークフリートの残した数ある魔法の一つを、オレが独自に改造したものだ」

「改造なあ……相変わらずすげえなブロストンは」

ラインハルトはそう呟く。

ストライド・ジークフリートは『伝説の五人』の一人で、現在の魔法体系に大きな影響《えいきょう》を与《あた》えた男である。

ストライドの魔法の特徴《とくちょう》は、その術式の完成度であった。

様々な分野で誰が使っても、最適解と言っていいほどの魔法効率を実現し、現在の魔術師《まじゅつし》たちはストライドの開発した術式をそのまま使っている。

ストライドの登場以降、かつては各自で行っていた『魔法を自分用に改良する』ということがほとんど行われなくなった。

それほどまでに、完璧《かんぺき》で洗練されたストライドの術式を、目の前のオークは意図も容易くカスタマイズしたというわけである。

「なにストライド氏の術式は見事なものだ。先人の手腕《しゅわん》には感服させられる。とはいえオレはそもそも司祭職だからな。神性魔法は一番の得意分野だ」

「それが一番、信じられねえんだよ……」

ブロストンの凄まじい体力と身体操作能力を知っているラインハルトは、顔を引きつらせる。

「んで？　確かこれは『時間の進みが早い空間』を創《つく》り出す術式だったはずだが、これはどんな魔改造を施《ほどこ》したんだ？」

「時間を早める対象を限定してあるんですよ、ラインハルトさん」

答えたのはリックであった。

「中に入った人間の『意識だけ』が十倍の速度で流れるようになってます」

「なるほどな……確かにそれは、一通り技術や基礎《きそ》能力《うりょく》を詰《つ》め込んだ後にはいい修行になりそうだ」

ラインハルトは頷いた。

「問題は元の魔法からそうだが、継続《けいぞく》して使うには膨大《ぼうだい》な魔力が必要なことだな。時空間魔法ってのは基本大食いだ。ストライドのやつでも使えて三日だったが……」

ラインハルトはチラリと足元の方を見る。

ニコニコとアリスレートが笑ってこちらを見ていた。

「……まあ、一か月でも二か月でも持つだろうな」

アリスレートの魔力量のとんでもなさは、ラインハルトもよく知っている。

「じゃあ、いっくよー!!」

アリスレートが魔力を込めると魔法陣《まほうじん》が勢いよく光り、その模様が回転し出した。

そして空間が裂《さ》けて、直径2m程の穴が空く。

「綺麗に安定してるじゃねえか。ストライドのやつもさすがにここまで裂け目が綺麗に真ん丸にはならなかったぞ」

ブロストンが言う。

「この空間の裂け目を安定させる術式を組むのが大変だったのだ。下手をすると爆発するのでな。空間の裂け目を回転させることで疑似的《ぎじてき》な遠心力を生み出して安定させている」

「じゃあ、行ってきます。リーネット」

リックはリーネットの方を見て言う。

「戻《もど》ったらリーネット特製のブルーベリーパイ食べたいな」

「ふふ、作っておきますよ。頑張《がんば》ってくださいね」

嬉《うれ》しそうに笑うリーネットに頷くと、リックは空間の裂け目の中に入っていった。

「……ったくまあ、一端《いっぱし》の男になりやがってよ」

ラインハルトは腕《うで》を組んでその様子を見ながらそう言った。

「……ってかそれよりも」

ラインハルトは今更《いまさら》になって一つ問題に気づく。

「これ、ずっと魔力込《まりょくこ》め続《つづ》けなきゃだろ？　いやまあ魔力込めるくらいは寝《ね》ててもできはするんだけど、少なくともずっとこの魔法陣の前にはいなきゃいけないじゃねえか。じゃじゃ馬のアリスレートには難しくねえか？」

アリスレートはまだ子供だ。

ラインハルトの知る彼女《かのじょ》は、食事中でもなければ数分すらその場にとどまっておけないタイプである。

しかし。

「ライくん、大丈夫《だいじょうぶ》だよ」

アリスレートはそう言った。

いつものように、おふざけ半分で言うのではなく当然のことだという様に。

「アリスはリッくんの先輩だからねー。応援《おうえん》してあげないと」

「心配は要《い》らないぞ、ラインハルトよ。すでにリックが『エアクッション』を身につける際、アリスレートは二か月維持《いじ》し続けたことがある」

「……」

少し驚いて目を見開くラインハルト。

「……そうかい。いやまあ、そうだよなアリスレートはもう十二歳だもんな」

「せやで、もう赤《あか》ん坊《ぼう》ってわけやない。まあ、じゃじゃ馬なのは変わらんが」

ミゼットの言葉に、ラインハルトはアリスレートの姿を改めてまじまじと見る。

「そうか、もうそんなに経つか……あんまりモタモタもしてられないな」

「ああ、あと三年。できればその前に『オリハルコンフィスト』の目的を達成したいものだな」

ブロストンの言葉に頷くラインハルト。

「十三年前か……さすがに二百年も生きてると時が経つのメチャクチャ早く感じるなあ」

ラインハルトはそう言って当時のことを思い出す。

それは十三年前、まだ『オリハルコンフィスト』が自分を含《ふく》めて三人しかいなかった頃《ころ》。

そしてラインハルトがキャリア二百年の大ベテラン冒険者であり『伝説の五人』でありながら、まだ『超越者』に名を連ねていなかった頃のことだった。

第一話　アリスレート過去編１

「あー、くそ。全然思《おも》い浮かばねえ!!」

ラインハルトは『ビークハイル城』の居間で、頭を掻《か》きむしりながらそう叫《さけ》んだ。

目の前にある原稿《げんこう》用紙は、一枚目の最初の数行が書かれているだけで後は真っ白だった。

かつては大英雄《だいえいゆう》ヤマトと共に『伝説の五人』として名を知られたラインハルトだが、今の職業は小説家だった。一応冒険者としてギルドに席をおいているが、ほとんどそっちの活動はしていない状態である。

「ふむ……苦戦しているようだな」

そう言ったのはソファーに腰《こし》かけて本を読んでいたブロストンである。

『オリハルコンフィスト』を結成してから十四年ほどの付き合いになるが、このオークは家にいるときの大半の時間は読書をしている。

「作家様は大変やねえ」

そう言ったのは、ブロストンとは向かい側のソファーで何やら複雑な金属部品を磨いているミゼットである。

七年ほどまえにパーティに加入してきた軽薄《けいはく》そうな男で、ラインハルトからすると何が何やら分からないトンデモ武器を作るのがライフワークである。

「今書いてるのってどのシリーズなん？　『大聖女シスターフルートの慈愛《じあい》』、『魔道正典と魔装機神』それとも『英雄ヤマトの伝説』の新しい短編集？」

ミゼットがラインハルトを代表する作品の名前を挙げていくが……。

「ちげえよ、この俺の活躍《かつやく》を存分に書いた『ラインハルト英雄譚《えいゆうたん》』だ」

「……あれ、絶望的に人気なくて打ち切られたんじゃなかったんか？」

「う、うるせえ。時代が俺の感性についていけないだけなんだよ!!」

そう反論したラインハルトだったが。

「オレも読ませてもらったが、確かにつまらなかったぞ」

「うぐっ!!」

ブロストンのオブラートが一切《いっさい》無い感想が、ラインハルトの胸に突き刺《さ》さる。

大陸中の誰でも一度は読んだことのある伝記『英雄ヤマトの伝説』の作者であるラインハルトは、もちろん大人気作家である。

これまでヤマトが主人公の話だけでなく、他の『伝説の五人』を題材にした別シリーズ

の作品も執筆《しっぴつ》し人気を博してきた。

パーティの司祭職であり、ヤマトに対する片思いを秘《ひ》めたまま旅を続け最後までその気持ちを明かすことなくヤマトを支え続けた愛に生きたシスターフルート。彼女を主人公にした『大聖女シスターフルートの慈愛』シリーズ。

パーティ一の魔法の天才で、凄まじい美青年で性格も紳士的《しんしてき》だけど少しSっ気のあるストライドと、魔装作成技術はピカイチだが極度の人嫌《ひとぎら》いで、しかしそんな自分のことを初めて受け入れてくれたストライドに恋《こい》をするロゼッタ。最終的に結ばれることになる二人のことを描《えが》いた『魔道正典と魔装機神』シリーズ。

ここ二十年はそれだけでなく、ヤマトの実力を見込《みこ》み魔王討伐《まおうとうばつ》の支援《しえん》を惜《お》しみなく行ったある国の王ラスカトールが主人公の『賢王《けんおう》ラスカトールの内政』シリーズや、敵であった魔王軍《まおうぐん》の大幹部でありヤマトの宿敵であったグラディアルが魔王軍内の反乱を次々に鎮《ちん》圧《あっ》していく『豪将《ごうしょう》グラディアルの覇道《はどう》』シリーズなど、『伝説の五人』以外の人物がメインのシリーズもそれなりに人気が出ている状態である。

まさに「出せば売れる」超絶《ちょうぜつ》売れっ子作家のラインハルトだったが、そのラインハルトが唯一《ゆいいつ》何度も挑戦《ちょうせん》しては一巻打ち切りの目にあっているシリーズがある。

それがラインハルト自身のことを書いた『ラインハルト英雄譚』である。

ヤマトと最も長く旅をしてきたラインハルト自身が、その時の自分の活躍を余すところなく書いた（ラインハルト的には）渾身《こんしん》の超絶英雄譚《ちょうぜつえいゆうたん》なのだが、何度書き直して「これ出してくれないなら、もう他のシリーズかかないもん!!」と子供みたいな駄々《だだ》をこねて出版しても、さっぱり売れなかった。

ちなみにこれまで三回挑戦して、合計の実売部数は『英雄ヤマトの伝説』の五百万分の一である。

「あーくそ!!　なんで他のやつらの話ばっかり売れて、俺の話は売れねえんだろうなあ」

そう言ってペンを投げ出して、ボスンと背もたれに寄りかかるラインハルト。

まったく世の中の連中は、本当にいいものというのが分かっていない。

「オレが読んでみた限り、お前は自分自身のことを書くときに格好をつけたくて話を盛り過ぎだな。そのせいで話や語り口が全体的に嘘《うそ》くさくなってるぞ」

ブロストンは容赦《ようしゃ》なく、そして一切悪気もなくそう指摘《してき》してくる。

「うっ……」

ミゼットも追撃《ついげき》をしてくる。

「ってか、なんでアンタがヤマトに負けず劣《おと》らず最前線で活躍した体《てい》で書いとんねん。パーティでは前衛後衛のエースをカバーするサポート要員だったちゅうのに」

「うごっ!!」

そう、実際のところラインハルトは圧倒的《あっとうてき》に尖《とが》った能力を持つ他の四人のサポートに回ることが多かった。

そのため、本家『英雄ヤマトの伝説』でも五人の中で、あまり活躍の場がない。

「気にすることはないだろう。人にはそれぞれドラマがある。それを素直《すなお》に書けばそれなりに面白《おもしろ》くなると、一読書愛好家として思うぞ」

ブロストンの言葉にラインハルトは、はあ、と大きくため息をつく。

「いやいや、俺の書いてるのは英雄譚だぜ? 活躍が少なかったら面白かねえだろうよ」

そしてやたらと年季の入ったシャンデリアのつり下がる天井《てんじょう》を見て言う。

「……ああ、ったくよお。俺にも少しはヤマトのやつみてえな活躍があればなあ」

ラインハルトは少しだけ目を瞑《つぶ》る。

『……諦《あきら》める? 俺の知らない言葉だな』

そうするとどこからともなく、戦友がよく口にしていた言葉が蘇《よみがえ》ってくる。

ラインハルトの父親が領主を務めていた土地の広場に、突然《とつぜん》現れた当時の自分と同い年の少年。

最初はこの土地の水や食べ物が合わないのか、下痢《げり》や嘔吐《おうと》を繰《く》り返して全くの『役立たず』だった。

ラインハルトもなんてひ弱なやつなんだと思っていたが、なぜかその目だけはいつもギラギラと不思議な強い光に満ちていて、父親は「ああいうやつは化けるぞ」と一目置いていた。

何を馬鹿なことを。

そんな風に思っていたある日。

魔王軍の操《あやつ》るモンスターの大群が村を襲《おそ》った。

次々に破壊《はかい》されていく家々と、殺されていく人々。

まだ若く戦ったことのなかったラインハルトは、それを震《ふる》えて見ることしかできなかった。

しかし。

そこにその『役立たず』が現れた。

そして村の祭壇《さいだん》に刺さっている、手にしたものに勇者の力と死の運命をもたらすとされる『選択《せんたく》の聖剣《せいけん》』を一切の躊躇《ちゅうちょ》なく引き抜く。

そこからは圧巻の一言だった。

副作用の激痛をものともせず聖剣の力を存分に使い、決意に燃える瞳《ひとみ》で襲いかかるモンスターたちに向けて猛然《もうぜん》と剣《けん》を振るい続ける。

「……すげえ」

ラインハルトには他にその様を表現する言葉が無かった。

そして、たった一人でモンスターの大群と魔王軍の将校を切り伏せた『役立たず』は、こちらの方を見てこういったのだ。

「ラインハルト……この世界は、楽しくて刺激的《しげきてき》で残酷《ざんこく》だな。俺は世界に平和をもたらす冒険に出ることに決めたぞ」


「思い出に浸《ひた》っているところすまんが……」

ラインハルトの回想を遮《さえぎ》ったのはブロストンの声だった。

「実はパーティの存続に関わる問題が発生していてな」

「問題？」

ラインハルトの言葉に、ブロストンはウムと頷いて言う。

「資金難だ。パーティの金が底を尽《つ》きた」

□□

ブロストンとラインハルトで作った『オリハルコンフィスト』だが、その設立資金に関してはラインハルトが資金を出した。

といってもラインハルトが作家として得ている莫大《ばくだい》な印税からすれば、ほんの一部だったが、それでも一つの少数パーティが運営していくには十分な額である。

そこからかれこれ七年程《ほど》経《た》っているが、今までお金に関する悩《なや》みなど聞いたことがなかった。

「原因は……まあ、明白だよな」

「うむ」

そう言って二人は、ミゼットの部屋にある数々の謎《なぞ》の武器とその周りに散らばっている、失敗した試作品やまだ作成中の金属部品の山を見る。

「……てへ」

ミゼットはペロリと舌を出してウインクしながら、自分の手を額に当てた。

「てへ、じゃねえよ!!　お前どんだけ高い部品買い込《かこ》んだんだよ!!」

そう、少なくとも七年前にミゼットが来るまでは、結構な額の資金があったはずなのだ。

しかし、ミゼットはちっちっちっ、と指をふる。

「甘《あま》いでラインハルト。ここにある部品は全《すべ》てワイの職人作業で作ったものや。ワイはワザワザ武器やら機械やらを買ってきてそいつらを一度分解して素材ごとに溶《と》かして使っとるねん」

「そういう問題じゃねえよ」

「オレの不注意だったな。今度からはパーティの資金は使用用途をオレに報告してから使えることにし、各自自分の欲《ほ》しいモノは基本的に自分の稼《かせ》いだ分で買うことにするつもりだ」

ブロストンがそう言った。

「まあ、ブロストンはせいぜい本買うくらいだしな。むしろ時々高ランクの依頼《いらい》をこなすだけでパーティの資金は増えていったくらいだし。俺はありがてえことに印税があるからな。この辺の管理がザルだったのはしょうがねえよ」

とはいえ、パーティの活動資金が無いのは単純に困る話である。

ラインハルトの印税から出すという手もあるが、それはしないと決めていた。

金銭面で助けるのはスタートの時だけ。それ以降はパーティの一員として協力はするが、あくまでパーティでクエストをこなすときなどに力を貸すというだけの話である。

今の冒険は今の者たちのモノだ。

隠《かく》しダンジョンの情報や『六宝玉』の情報も、さわりの部分だけは教えたが、後はブロストン自身が調査して情報を集めている。

そういうものも含めて冒険なのだから。

ラインハルトはあくまでちょっとしたサポートをするだけである。

「まあまあ、お二人さんそうかっかせんでもええやろ。幸いワイらはSランク冒険者《ぼうけんしゃ》や。高額の依頼も舞い込んでくる」

「散財した張本人に言われると複雑な気分になるな……」

ラインハルトはそう言って、居間のテーブルの端に積まれた書類の山に目を通す。

そこに置かれているのは、ギルドから一定以上の高ランク冒険者に向けて発注される特別クエストの依頼状《いらいじょう》だった。

Sランク冒険者であるラインハルトたちの下には、時々このような超高難度《ちょうこうなんど》の依頼が舞い込んでくる。

当然、難易度・危険度の高い依頼であるから報酬《ほうしゅう》が高額の場合が多い。

「んー、と言っても、今回は難易度の割には報酬がイマイチの依頼が多いなあ」

ラインハルトはクエストの依頼状をめくりながら、そう呟《つぶや》く。

今年は大陸全体で、不作だったため景気がよくない。

それに伴《ともな》って依頼料《いらいりよう》も全体的に少ない傾向《けいこう》にあった。

そんな中。

「ん？　なんだこれ、すげえな。報酬二億四千万ルクだってよ。依頼主《いらいぬし》は……」

その名前を見て、ラインハルトは「ああ……」と納得《なつとく》する。

横から覗《のぞ》いたブロストンが言う。

「クロム・レストロア侯爵《こうしやく》。このレストロア領の領主か」

「なるほど、領主様直々の依頼ってなればギルド側も依頼に補助金を上乗せしてくれたりするからねえ。それで依頼の内容はどんな感じなん？」

ミゼットの問いに、ブロストンが答える。

「『最近レストロア領の一部地域で多発している、連続失踪《しつそう》事件の解決』だそうだ」

□□

レストロア侯爵からの依頼に目をつけたラインハルトたちは、さっそくギルドに依頼を受けることを伝えた。

そして、翌日には『ビークハイル城』にレストロア侯爵の屋敷《やしき》への招待状が届き、三人は足を運んだのだった。

「いやはや、よく来てくださった。歓迎《かんげい》します『オリハルコンフィスト』の皆《みな》さん」

出迎《でむか》えたのは、丸い顔の優《やさ》しそうな男だった。

クロム・レストロア侯爵。

ラインハルトたちも住むここレストロア領の領主である。

（……初めて見たけど、予想してたのと違って、なんつーか普通《ふつう》のおじさんて感じだな）

ラインハルトはクロムを見て素直にそう思った。

レストロア領は地理的に『帝国《ていこく》』の国境と接しているため、戦争が起こればまず最初に戦渦《せんか》に巻き込まれる可能性が高い地域である。

もっと言えば、常に両国の兵士たちが睨《にら》みをきかせている状態でもあるため、統治するのは一筋縄《ひとすじなわ》ではいかない。

でありながら、実際にレストロア領に住んでいるラインハルトの感想としては、非常によく運営されている領地だなというところであった。

だから、領主であるクロムはかなりの人物だろうと予測したのだが……。

「こちらから伺《うかが》うべきなのに、わざわざ足を運んでいただいてすいませんねえ。ああ、お茶をどうぞ」

そう言ってペコペコと頭を下げるクロム。

ラインハルトたちが座《すわ》っている席に、給仕《きゅうじ》がやってきて紅茶を置く。

そんな様子を目尻に皺《しわ》を寄せて、穏《おだ》やかそうに見守る姿はとてもいつ戦闘《せんとう》になるか分からない領地を安定的に運営している傑物《けつぶつ》には見えなかった。

（……まあいいや。そんなことより、今はお金だお金）

ラインハルトはそう思って、さっそくクロムに切り出す。

「それで、『連続失踪事件』ってのは具体的にどんな感じなんだ？　一応資料の方には目を通したが……」

「ええはい。改めて一から説明させていただきますね」

そうしてクロムは説明を始めた。

最初の事件が起きたのはレストロア領でも、かなり田舎《いなか》の地域であった。

とある農業を営む一家が突然姿を消したのである。

最初は盗賊《とうぞく》や人さらいなどの仕業《しわざ》かと思われていたが、現場に残った争いの跡《あと》には明らかに普通の人間でない力で壁を殴《なぐ》った跡があり、もしかすると『ブラックカース』などの戦闘能力の高い戦闘員《せんとういん》を有する組織ではないかという話も出た。

そこからさらに三日後。

今度は別の一家が姿を消した。

さらにその翌日には、酪農《らくのう》を営む男性が飼っている家畜《かちく》ごと姿を消す。

この辺りから管轄《かんかつ》の騎士団《きしだん》も本腰《ほんごし》を入れて捜査《そうさ》を始めたが、まるでその捜査をあざ笑うかのようにレストロア領の比較的《ひかくてき》田舎の地域で次々に失踪事件は起き、さらには捜査に向かった騎士《きし》たちも失踪することになった。

そして一か月前。

ついに、ある村の住人百人が一晩で一斉《いっせい》に失踪するという事件が起きたのである。

「……もはや、領主として見過ごすわけにはいきません」

クロムはそう言って沈痛《ちんつう》そうな面持《おもも》ちをした。

「ですから、ギルドの方にSランククエストとして申請《しんせい》を出させていただきました」

「……なるほどねえ」

「まあまさか大陸最強とも言われる『オリハルコンフィスト』の方々に来ていただけると

は思いませんでしたが、心強い限りです」

「一つ聞きたいのだが……」

そう言ったのはブロストンだった。

「二億四千万ルクというのはかなり思い切った額だな」

「そうでしょうか？」

「ここはそれ程《ほど》経済的に潤《うるお》っている領土でもない。ギルドの補助金があることを差し引いても決して安くはないはずだ。そして確かに百人の失踪事件が起こったのは大ごとだがなぜか事件が起こっているのは田舎の地域だけでこの都市部まで領民の不安が広がっているわけではないように見える。いきなりそんな大金を払《はら》って我々のような過剰《かじょう》な戦力に依頼するよりは、多少時間はかかるかもしれんが騎士団の増員を待って調査してもらうのが普通の判断ではないか？　それならば費用も『王国』の国庫から出る」

ブロストンの問いに、クロムは少し驚《おどろ》いた顔をする。

まあ、喋《しゃべ》るオークというだけで充分《じゅうぶん》驚きなのだが、今話した内容は広い領地を統治する者の立場を十分に理解した上での言葉であった。

「……なるほど、さすがは『賢鬼《けんき》』ブロストン・アッシュオーク殿《どの》です。おっしゃる通り、通常であれば王国騎士団に任せておくのがいいのでしょう。ですが……」

そこで、クロムは声のトーンを落として言う。

「嫌《いや》な予感がするのです……あくまで勘《かん》ですが、これを少しでも放置しておけばとんでもないことが起こると」

「勘に二億以上つぎ込むとは、見かけによらず思いきるねえ」

会話に加わらず、ポリポリと出された茶菓子《ちゃがし》を食べていたミゼットがそう呟く。

「そうですねえ……ただ」

クロムの人の良さそうな顔に付いた二つの目が一瞬《いっしゅん》鋭《するど》い光を帯びる。

「これでも私の勘はよく当たるのですよ？」

「……ほう」

「へえ」

ブロストンとミゼットが感心して声を上げる。

（……ただの腰の低いオッサンかと思ったら、なかなかどうしていい目をするじゃねえか）

ラインハルトがこれまでの人生で見てきた『戦う者』の目をしていた。

なるほど、このクロムという男。なかなかにデキる男のようだった。

そんな男が「嫌な予感がする」と言っているのだ。今回の依頼、少しばかり警戒《けいかい》して進めていったほうがいいだろう。

「じゃあ、さっそく依頼に取り組ませてもらうとしますかね。とりあえずは、失踪事件の現場調査だな」

ラインハルトがそう言って立ち上がった。

「ありがとうございます。常駐《じょうちゅう》している騎士団に案内させますね」

クロムはそう言ってこちらに頭を下げたのだった。

□□

さて。

ギルドからの依頼をこなすにあたり、今回のようなただ暴れているモンスターを倒《たお》すだけでなく「調査」も含めた依頼の場合はコツがある。

（……それは、現地人との協力体制を築くことだ）

単純にそのほうが情報交換《じょうほうこうかん》がスムーズに行えるし、こちらが自由に動くことを容認《ようにん》してくれやすくもなる。

それがラインハルトが長い冒険者経験の中で培《つちか》った知恵《ちえ》だった。

なのでクロムにつけてもらった騎士団とは円滑《えんかつ》なコミュニケーションを取りたかったの

だが……。

「ふん!! 大陸最強のパーティだかなんだかしらんが、余計なことはせんでもらおうか!!」

そんな風にいかにも頑固《がんこ》そうな声を上げたのは、レストロア領 常駐騎士《じょうちゅうきし》の隊長を務めるハロルド・フレッチャーであった。

年齢《ねんれい》は五十歳《さい》だが身長は180cm以上あり、背筋は伸《の》び十分に鍛《きた》えられた肉体を騎士団の制服に包んでいる。その見た目に違《たが》わず制服の装飾《そうしょく》から一等騎士であることが読み取れるため、冒険者で言えばAランク級の実力があるのだろう。

しかし、髭《ひげ》を生やしたその顔は常にムッとした表情をしているからなのか、眉間《みけん》に皺が刻まれておりいかにも頑固オヤジという感じだった。

ハロルドはズンズンとラインハルトたちの方に歩み寄って言う。

「分かったたか? 貴様らは我々の後ろについて、黙《だま》って何もせず見学していればいいのだ」

「いやいや、そういうわけにもいかんだろう。領主からの依頼なんだから……」

「ふん、そもそもそれが気に食わんのだ。なぜクロム氏はこんなどこの馬の骨とも分からん民間人に依頼を出したのか、我々誇《ほこ》り高き王国騎士団だけで十分だというのに」

うわあ、すげえ面倒《めんどう》な奴《やつ》に当たったたな。

とラインハルトは苦笑《くしょう》する。

確かにこの増員は「アナタたちだけでは解決できるか心配です」という考えがあってこそのものだろう。ハロルドのように見るからにプライドの高い人間には不愉快《ふゆかい》な話に違いない。

……だがまあ、それでもなんとか上手《うま》くコミュニケーションをとって協力しあうほうがいい。

現在二百歳を超《こ》えているラインハルト、先輩《せんぱい》としてここは大人な対応を見せようではないか。

「分かったよ。確かにアンタら騎士団は優秀《ゆうしゅう》だし、新参の俺《おれ》たちよりはこの事件について調査もしてるんだろうよ。だからこそ、アンタらの力も貸して欲しいんだよ。俺たちだけじゃ解決できるか分からねえからさ」

「……ふむ。少しは立場を弁《わきま》えているようだなご老人」

ハロルドの表情が少し緩《ゆる》む。

……よしよし。

この手のタイプは相手の顔を立ててやるとむしろ協力的になってくれる。

「つか俺たちはあくまでアンタらのサポートのつもりだぜ。だから調査の方もアンタらの権限からはみ出ない範囲《はんい》で……」

などとラインハルトが話しているにも拘《かか》わらず。


「さて、さっそくこのルミネス村に行くとしよう」

「せやな。ここが一番なんかありそうやし」


そう言って、ブロストンとミゼットが地図と資料をもって勝手に出て行こうとした。

「ちょっ!!」

慌《あわ》てるラインハルト。

「おい!!　勝手に資料を持ち出すな!!　それにまだ貴様らの現場調査を許可した覚えはないぞ!!」

当然頑固オヤジはすぐさま眉間に皺を寄せて怒鳴《どな》る。

しかし、ブロストンとミゼットはそんな怒《いか》りもどこ吹《ふ》く風《かぜ》といった様子である。

「我々はすでに領主であるクロム氏の許可を得ている。資料を持ち出すのも現場調査も、騎士団にどうこう言われる筋合いは無いと思うのだが？」

「ふざけるなよ、なぜ喋れるのか分からんがこの低能モンスターめが。世の中には法や決まり事というものがあるのだ。そして我々はそれを強制させるための絶対的な組織でもある。何なら貴様をこの場で捕《つか》まえてもいいいんだぞ？」

「……ふむ」

（……マズいな）

ラインハルトはそう思った。

もちろんブロストンが捕まるからではない。

「ハロルドと言ったか？　お前は二つほど……勘違《かんちが》いを起こしているように思える」

ブロストンはそう言うと、ズンズンとゆっくりハロルドやその部下の騎士たちに歩み寄ってくる。

「な、なんだ……」

２３０ｃｍの巨体《きょたい》が迫《せま》るその様は、かなりの威圧感《いあっかん》である。思わず腰の剣に手をかけるハロルド。

しかし、そんなことは全く気にせずブロストンは言う。

「一つ。規則や決まりというのは確かに大事だが、そもそもそれらは『人々の安全な暮らしを守るためにある』ということだ。それを守って人々が危険にさらされるというのであれば本末転倒《ほんまつてんとう》。時にはそれを破ることもどうしても必要となってくる。なにより決まりというのは、今あるモノが絶対ではないからな。『勇気ある無法者』によって本当に必要なことが見直され、後から法が変わるなどよくあることだ」

スラスラと明快な言葉で理屈《りくつ》を語るブロストン。

「そして、実際に決まりの通りに動いているお前たちは事件を解決できていないではないか。だからこそ我々が呼ばれたのだと思うのだがな」

「ぬう……」

痛いところを突《つ》かれ小さく呻《うめ》くハロルド。

「そして二つ目だが、お前たちは法を実行するための『絶対的な組織』ではないぞ。お前たちが他人に法や決まりを強制できるのは、お前たちが絶対的な正義ではなく単純に『武力』を持っているからだ」

ブロストンがハロルドの目の前に立つ。

「おお……」

自分よりも50cm近い身長を誇る目の前の巨体に、一歩後ずさるハロルド。

「まあ、つまり……オレたちのように、お前たちよりも遥《はる》かに『武力』が上回る相手に対しては、何もすることができないというわけだ」

ゴオ!!　と。凄《すさ》まじい殺気がブロストンから放たれた。

軽く威嚇《いかく》したのである。

「ひっ!!」

あまりの殺気にとっさに剣を抜《ぬ》いて切りかかるハロルド。

さすがは一等騎士と言ったところか、その抜刀《ばっとう》は非常にスムーズで体重も乗っていた。

しかし。

ヒュッ、とブロストンの右腕《みぎうで》が動くと、剣がいつの間にかハロルドの手から消えていた。

「!?」

驚いてブロストンの手を見るハロルド。

剣は右手の二本の指で刀身を挟《はさ》まれて、取り上げられていた。

ブロストンはその剣を両手で持つと。

グシャリ、とまるで小枝かのように握《にぎ》りつぶす。

さらに、メキメキと手の中に折り曲げていき……。

最後に握りこんだ手をパッと開く。

コロン、と。

小ぶりのミカンサイズの綺麗《きれい》な球体に変形した元剣が床《ゆか》に転がる。

「理解したか？」

「……」

ハロルドをはじめとした、その場にいる全員が何も言えなくなってしまう。

「さて、では我々は調査に向かうとしよう。お前たちさえよければこちらの調査で得た情報は提供させてもらう。大事なのは『この事件を解決すること』だからな」

そう言って、ブロストンはミゼットと共に屋敷を出ていった。

残された者たちの間で、微妙《びみょう》な空気が流れる。

（……はあ、せっかく人が上手く話をつけようとしてたってのにアイツらはよお）

こういうところは、昔一緒《いっしょ》に旅した問題児たち四人を思い出す。

ヤマトのやつは思いついたら突っ走るし、フルートのやつは疑わずにそれについていくし、ロゼッタのやつは全然協力する気ねえし、ストライドのやつはそれを眺《なが》めてるだけだし……。

「はあ……二百年経《た》ってもこんな役割かよ」

ラインハルトは、ハロルドの肩《かた》を叩《たた》いて言う。

「まあ、一緒にアイツらへの文句でも言いながら、俺らは俺らで調査しましょうや」

□□

そんなわけで、ラインハルトだけは騎士団に同行して、一か月前に起きた大量失踪事件のあった田舎の村にやってきた。

素人《しろうと》は見学でもしていろ、と言われたのでその辺の切り株に座って調査の様子を見ていた。

「ハロルド隊長、やはり何度捜しても魔術的《まじゅってき》な痕跡《こんせき》は見つかりません」

「そんなはずはない!!　これだけの大規模失踪が一晩で起きたのだぞ。何かしらの魔法《まほう》が利用されているはずだ。もっと真剣《しんけん》にパンくず一つ見逃《みのが》さないつもりで捜査するんだ!!」

「りょ、了解《りょうかい》しました」

ハロルドに怒鳴られて、慌てて捜査に戻《もど》っていく隊員。

ちなみに村は現在、関係者以外立ち入り禁止の状態になっている。

そう。基本的に事件の現場は現場の状態を保存するために関係者以外の立ち入りを禁止する必要がある。

だからハロルドがブロストンたちに対して余計なことをするなと言う気持ちも分からな

くはない。

（……分からなくはねえんだけどな）

ラインハルトは騎士団の様子を見ながら思う。

先ほどから、何度捜しても見つかってないらしい魔術《まじゅつ》の痕跡を捜すのに時間を使ってばかりである。

もちろん、この手の怪現象《かいげんしょう》はまず魔法を疑い、魔法の痕跡を捜すのが捜査の定石なのはラインハルトも知っている。

しかし、失踪事件は一か月前に起こったのだ。

魔術痕跡《まじゅつこんせき》の捜査はもう何度もやっているだろう。

そこまでして見つからないなら、一度定石を捨てて考えなおすべきだと思うのだが……。

「……まあ、あの隊長さんは頭硬《かた》そうだしなあ。そういう選択肢《せんたくし》は考えられねえんだろうな」

ラインハルトはそう呟くと、よっこいしょと腰《こし》を上げてハロルドの方に歩み寄る。

「なあ、俺もちょっと現場検証させてもらっていいか？」

ラインハルトのその言葉に。

「黙れ、大人しくしておけと言っただろ!!」

そう声を張り上げるハロルド。

「いやいや、一応これでも騎士団とも何度も仕事したことあるんだぜ？　現場検証でいじっちゃダメなことだって分かってるつもりだ。ちょっとくらい構わねえだろ？」

「ならんもんはならん」

頑《がん》として譲《ゆず》らないハロルド。

（うーん。困った頑固オヤジだなあ）

頭を掻《か》くラインハルト。

ただ、短い時間ではあるが同行して分かったのだが、ハロルドは手柄《てがら》を自分のモノにしたい名誉欲《めいよよく》があるタイプでも、妙《みょう》な問題を起こされて責任を追及《ついきゅう》されたくない責任回避《せきにんかいひ》タイプでもないようである。

むしろ、正義感や義務感の非常に強い人間なのだろう。

実際、本来なら本部で指示だけしていればいい立場なのに、こうして事件の早期解決のために何度も現場に足を運んでいるのだ。

ならば……ちょっと言い方を変えてみるか。

「なあ、隊長さんよ。これでも俺たちは領主から高い金貰《もら》ってんだぜ？　貰った以上は責任ってのがある。仮に解決できたとしても、黙って見てるだけってのはさすがに不義理になっちまうよ」

「む……」

よし、この方向でいけそうだな。

相手は正義や義務を大事にする男で、かつ決して自己中で他人の気持ちを全く斟酌《しんしゃく》する
つもりが無いタイプではない。

だから、自分たちも正義や義務を果たしたいと言われると「気持ちは分かってしまう」

のだろう。

「それに俺たちは一レストロア民でもあるんだ。自分たちの住んでるところで今後も誰《だれ》か
が不幸な目にあうのを黙って見ていたくはない」

「……まあ、そうだな」

「だから頼《たの》むよ。俺にやるべきことをやらせてくれ」

そう言って真っすぐにハロルドの目を見据《みす》えるラインハルト。

「……」

ハロルドは少しの間考えていたが。

「……分かった。だが、現場を荒《あ》らすようなまねは絶対にするなよ」

「はいはい、了解ですよ」

ラインハルトはそう言って現場検証中の騎士団員たちの方に歩いて行く。

(我ながら手慣れたもんだな……この手の交渉《こうしょう》も)

そんなことを思う。

思えばあの猪突猛進野郎《ちょとつもうしんやろう》のおかげで、この手の拗《こじ》れた相手に対する話し方も大分上手くなったものである。

「さてと……」

ラインハルトは現場検証中の隊員に尋《たず》ねる。

「なあ、本当に魔法を使用した痕跡は見つからねえのか?」

「はい。小さな村とはいえ村一つに影響《えいきょう》を及《およ》ぼす魔法でしょうから、何かしらの魔術的痕跡《まじゅつてきこんせき》が残っているはずなのですが」

「それもそうだな。んーだが、それにしては結構争った跡があるな」

ラインハルトは、そこら中壊《こわ》れている家や柵《さく》を見てそう言った。

「普通に山賊《さんぞく》とかが襲ったってのは考えられねえのか?」

「もちろんその可能性は考慮《こうりょ》していますが……とはいえ金品が何一つ盗《ぬす》まれていないので」

「そうか、それならまあ違うわな」

山賊などが襲った場合、当たり前だが金目の物を盗む。

また『王国』では奴隷《どれい》が禁じられているので、全員攫《さら》ってしまっては身代金《みのしろきん》を要求する相手もいなくなってしまう。

ちなみに国境を跨《また》いだお隣《となり》『帝国』では奴隷の市場があるにはあるのだが、ここレストロア領は帝国との国境沿いということもあり、検問が厳しすぎて大量の奴隷を運んだまま抜けるのはさすがに難しいだろう。

山賊たちは金のために仕事しているのだ。

よって彼《かれ》らの仕業という線は薄《うす》いだろう。

「うーむ」

何が何やら。

こういう時に、ブロストンや昔の仲間のストライドなら何かしらの仮説をすぐに立てて推理していくことができるのだろうが、さすがにラインハルトにはそこまで飛びぬけて明《めい》晰《せき》な頭脳は無い。

ラインハルトはとりあえず、民家の一つに入ってみる。

「……ん？　ここは全然争った跡とかねえんだな」

「はい。いくつかの家の中は、全く争った形跡《けいせき》が無かったですよ」

「そうなのか？」

「資料がこちらになります」

騎士団員から受け取った資料に目を通すラインハルト。

「ふむ……争った形跡が無いのは必ず一人暮らしをしていた家だな」

ラインハルトは家のある場所を見る。

テーブルが置いてあるところである。

椅子《いす》が斜《なな》めになっていて、キッチンやトイレへの動線の邪魔《じゃま》をしている。恐《おそ》らく立ち上がってそのまま放っておいたのだろう。そして机の上には開きっぱなしの本。こちらも斜めになっている。

ラインハルトは自分に置き換《か》えて生活をイメージする。

夜寝《ね》る前にテーブルで椅子に座って読書をしている。

読み終わって立ち上がると、軽く伸びでもして栞《しおり》でも挟んで椅子を元に戻してから、水の一杯《いっぱい》でも飲むかトイレに行ってから布団《ふとん》に入る。

「……ああ、まあやっぱり不自然ではあるよなこの状態は」

「素人《しろうと》目線で何か分かったか？　よそ者」

ハロルドが家の中に入ってきた。

「俺はラインハルトだ……まあなんつーか、まるで日常生活が急に中断されたみてえだなと。椅子の位置とか本が変な角度で置いてあって開きっぱなしとかよ」

「ぬ、言われてみれば……」

ラインハルトは顎《あご》に手を当てて少し考える。

「なあ、ちょっと魔法使っていいか？」

「なに？」

「探査系の神性魔法で調べてみたいことがあってよ」

「それはならんぞ。下手にそういうのを使われると、他の魔法の痕跡が見えにくくなることもある」

「でも、この家は十分に魔術痕跡は調べたんだろ？　事件が起きてすぐに」

「……まあ、それはそうだな」

「ちょっと気になったことがあるんだ。事件の解決に繋《つな》がるかもしれねえ。頼むぜ」

「むう、仕方ない。この家だけだぞ。他の場所はまだ完全に痕跡を調査しきれたとは言わんからな。まだ見落としてる場所があるかもしれん」

「へいへい、了解ですよ……と」

ラインハルトは地面に手を突くと、掌《てのひら》に魔力《まりょく》を集中させる。

おお、と見ている騎士たちから驚きの声が漏《も》れる。

ある程度魔法に詳《くわ》しいものなら、ラインハルトが魔法のために魔力を練っているこの姿を見ただけで、かなりの使い手であると分かるのである。

「『不遜《ふそん》なる勇者と謙虚《けんきょ》なる魔王《まおう》、旅立ちの足跡《あしあと》が紡《つむ》ぎ出す英雄譚《えいゆうたん》の一ページ目を今ここに』上級神性魔法『ジャーニータイムリーパー』」

ラインハルトの声と共に地面が光る。

すると、地面に映し出されたのはいくつもの足跡だった。

「これが今日ここに踏《ふ》み入れたやつの足跡」

ラインハルトはそう言いながらさらに魔力を込める。

すると、今度は全く足跡が見えなくなった。

「これが三日前にここに来たやつの足跡。さあ、もっと行くぞ」

ラインハルトはさらに大きな魔力を込める。

さらに時間を遡《さかのぼ》っていく。

「これで七日前……結構足跡があるが、これは今日のと同じ騎士団の靴《くつ》の足跡だな」

さらに魔力を込《こ》める。

「十五日前……足跡なしか」

「おお……」

騎士たちから今度は感嘆《かんたん》の声が漏れる。

『ジャーニータイムリーパー』自体はこういった捜査のために魔術師《まじゅつし》教会や大陸正教会などから使用できるものが派遣《はけん》されてくることがあるため、見たことのあるものは多かった。

しかし、そんな専門家の者たちでさえせいぜい遡れて十日間。

ラインハルトはそれを軽々と超《こ》えてきたのだ。

「立ち入り禁止はしっかり守られているみたいだなハロルド隊長」

ラインハルトの魔法の腕《うで》に呆然《ぼうぜん》としていたハロルドは、ハッとして言う。

「ふん。当然だそんなことは」

「いや、そうでもないだろ。こういう事件現場に面白《おもしろ》半分に足を運ぶ迷惑《めいわく》なアホは多い。現場指揮のアンタが管理を徹底《てってい》してた証拠《しょうこ》だろうこれは」

「……」

さて、と気合いを入れ直しラインハルトは足跡の遡りを再開する。

「二十九日前……また騎士団の足跡だな。結構な数、これか初回の捜査って感じか」

「その前日から少人数での検証は行っているがな。さすがに小規模でも村一つを捜査する人員を動員するとなると一日はかかる」

「ってことは……よし、来た。三十一日前。失踪事件当日の足跡だ」

そうして映し出されたのは……たった二つの足跡だった。

ハロルドがそれを見て言う。

「二種類の足跡……一つは家主としてもう一つは犯人と考えれば、犯人は単独犯。しかも、家に全く抵抗《ていこう》した跡がないとなると、武芸や魔術においてかなりの実力者である可能性が高いな……」

「そうだな……だが一個気になるところがある」

「む、どういうことだ？」

「素人の意見だけど話してもいいのか？」

ラインハルトが少し意地悪げにそう聞くと。

「か、構わん。言いから話せ」

ハロルドは、ふん、と鼻を鳴らしてそう言った。

「家主の足跡だけど、最後は多少ふらつきながらだけど自分で外に出ていってねえか？」

「……ああ、言われてみればそうだな」

そう。

恐らく家主のモノであろうと思われる足跡が、その前までに座っていたであろう椅子のところから出口まで、ちゃんと歩いた足跡があるのだ。

「ふむ……ということは、もう一つの足跡は犯人のモノではなく友人か何かのモノで、ここでは失踪《しっそう》事件に関することは起きてないということか」

「いや、それにしてはおかしいぜ。見ろよ椅子の回りの足跡。これは三十一日前の一時間程度の足跡を切り取ってるわけだけどよ。椅子の周りにいくつか規則性なく足跡がついてる。日常生活でこうはならんだろ」

「……確かに。むしろこれは、何かに抵抗した跡のような」

「ああ、そんでもって抵抗したあとは、なぜか自分の足で外に出ていってるわけだ……ってなると」

「何か心当たりでもあるのか？」

「ああ。あくまで推測だけどな。一番の決め手は家を出るまでの足跡が、かなりふらついてるってところだな」

「？」

ハロルドがどういうことだと首を傾《かし》げたその時。

「ぐああああああああああああああああああああああ!!」

外から騎士団員の悲鳴が聞こえてきた。

□□

「なっ……なんだこれは!!」

外に出たハロルドは驚愕《きょうがく》の声を上げる。

騎士たちが剣《けん》を抜いて襲《おそ》いかかってくる敵と戦っていた。

しかも、その敵というのがモンスターではなく二十人ほどの人なのである。

それだけならハロルドもこれほど驚きはしなかっただろう。今回の失踪事件の犯人はもしかしたらこいつらかもしれないと、対人戦も慣れている騎士団は粛々《しゅくしゅく》と敵を捉《とら》えていたに違いない。

だがなんと襲いかかってきている人間はどう見ても一般人《いっぱんじん》なのである。

コックの恰好《かっこう》や農夫の恰好をしている人もいれば、寝巻《ねまき》のままの女性もいるし、近所で遊んでいたかのような半袖《はんそで》短パンの子供もいる。

そんなかれらが。

「あぁ――――」

と言葉になっていないうめき声を上げながら、生気のない瞳《ひとみ》で騎士団たちに襲いかかっているのだ。

（……コイツらは）

ラインハルトはそれを見て確信する。

「ええい、すぐ抵抗をやめろ。現行犯逮捕《たいほ》だ」

ハロルドはそう言って、剣を抜くと騎士団員の一人に襲いかかっていた農夫の前に立つ。

「――――あぁ」

農夫は手に持っている鍬《くわ》を、ハロルドに向けて躊躇《ちゅうちょ》なく振《ふ》り下ろしてくる。

当然素人が力任せに振り下ろしてきた一撃《いちげき》など、容易《たやす》く受け止めるが……。

「ぬう？　なんだこの馬鹿力《ばかぢから》は……」

鍬を受け止めるハロルドの腕が震《ふる》える。

この農夫だけではなく、騎士団《きしだん》たちを襲っている一般人たちは女子供に至るまで、日頃《ひごろ》鍛《きた》えている騎士団員たちを軽々と弾《はじ》き飛ばせる腕力《わんりょく》を持っていた。

騎士団員たちは有事のスペシャリストである。

しかし、さすがにこんなわけの分からない異常事態には浮足立《うきあしだ》たざるをえないだろう。

「ぐあ!!」

そうしている間に、一人また一人馬鹿力に押《お》し負けて倒されていく団員たち。

しかも。

「――――がぁ!!」

虚《うつ》ろな目の一般人たちは、倒れた騎士団員たちの肉を食《く》らっているのである。

「ぎいあああああああああああああああああああ!!」

生きたまま食料にされ悲鳴を上げる騎士団員。

「ワイス!!　ぐっ、何がどうなって……」

その時。


「グールだな」


バコン、と。

横から現れたラインハルトが、ハロルドとつばぜり合っていた農夫に蹴《け》りを一発。

それだけで農夫の体は２０ｍほど吹っ飛んで、近くにあった民家の壁《かべ》にめり込んだ。

「吸血鬼《ヴァンパイア》に血を吸われた人間の末路。さっきの足跡見てもしかしてと思ってたけど、やっ

ぱりそうかって感じだなあ」

ラインハルトに対して、ハロルドは言う。

「グール？　これがか!!」

「ん？　ああ、俺らの時代はたまに吸血鬼《ヴァンパイア》関係のトラブルが起きてたから結構メジャーだったんだけど。まあここ二百年はほとんど起こらなくなったもんな。ベテラン騎士《きし》でも見たことなくて当然か」

「────ぁぁ」

話している間に、先ほど蹴り飛ばされたグールの農夫が起き上がって来た。

片方《かたほう》の腕《うで》と胴体《どうたい》の一部が一撃で無くなってしまっているが、それでもビチャビチャと体液を流しながらこちらに襲いかかってくる。

「改めて哀《あわ》れだなグールにされた人間は。今楽にしてやる……剣貸してくれ」

ラインハルトは近くにいた騎士から剣を受け取る。

「強化魔法『瞬脚《しゅんきゃく》』」

ドン、と力強い踏み込みで地面を蹴る。

そして瞬《まばた》きする間もなく、両手で持った剣でグールを頭から一刀両断していた。

地面に倒れるグール。

当然こうなっては再び立ち上がることは無い。

「おい!!　聞け騎士団員たち!!　グールは再生能力はないが生命力だけは高い。物理的に動けなくするのが大事だ。腱《けん》を狙《ねら》え」

ラインハルトのアドバイスを聞いた騎士たちは、さすがは日頃《ひごろ》から訓練を積んでいる人間と言ったところか、上手く敵の足や腕の腱を狙って切る。

（普通《ふつう》は人間同士の戦いなら、急所をつかれないことを最優先にするからあんまり効果的じゃねえんだけど、グールは力はつええが動きは大雑把《おおざっぱ》だからな。そういう繊細《せんさい》な防御《ぼうぎょ》はできねえ）

半ばパニック状態でグールに押されっぱなしだった騎士団たちだが、なんとか対応し始めた。

その間に、ラインハルトは『瞬脚』と剣術《けんじゅつ》の合わせ技で次々にグールを切っていく。

「おお……」

騎士団員たちが感嘆の声を上げる。

実際、騎士団が一体グールを倒《たお》す間に十体は倒しているのだからそういう反応をするのは当然だろう。

しかし、当のラインハルトとしては。

（まあ、ヤマトのやつなら俺の三倍は同じ時間で倒すだろうけどな……）

という感じだった。

あのイカレた最前線大好き男は時々サポートするのがバカバカしくなるほどだった。「もう全部アイツ一人でいいんじゃないか？」と何度も思わされたものだ。

「これなら、あっという間に片付いてしまうな……」

少し悔《くや》しそうにそう言っているハロルドに。

「────ぁぁ」

「む!?」

背後から剣を持ったグールが襲い掛《か》かった。

ハロルドはさすがは一等騎士と言える反応速度で、背後からの一撃を受け止める。

そして、目を見開く。

「ワイス!!」

なんと襲い掛かってきたのは、先ほどグールに生きたまま肉を食らわれていた騎士団員の一人だった。

一般人たちと同じく虚ろな目で、全身から体液と内臓を漏れ出させながら凄まじい馬鹿力で襲い掛かってくる。

ラインハルトは言う。

「グールに殺された人間はグールになるんだ!!　気をつけろ!!」

「……くっ、ワイス」

一等騎士ハロルドからすれば、こうして敵の正体や対策が分かった以上は一匹《ぴき》のグールを倒すくらいならそれほど苦ではない。

しかし、目の前にいるのは数年来一緒に仕事をしていた同僚《どうりよう》なのである。

一緒に遅《おそ》くまで仕事をした後に酒を酌《く》み交《か》わしたこともある。

それを切るというのは……。

「――――があ!!」

ハロルドの剣が弾かれ、地面に転がる。

そこに躊躇なく襲い掛かるグールとなったワイス。

「……そいつはもうアンタの同僚じゃない」

しかし、そこでワイスの背後に現れたラインハルトがワイスを一刀両断した。

ビシャリと、水っぽい音と共に地面に崩《くず》れ落ちる元同僚だったもの。

「ワイス……」

「吸血鬼の体液は毒みたいなもんでな。グール化した状態ってのは、その毒で脳が完全に破壊《はかい》された状態なんだよ。つまり、もう死んでるんだ」

グッと奥歯《おくば》を噛《か》みしめるハロルド。

しかし、さすがのベテラン騎士と言ったところか。

怒り混じりだがすぐに切り替《か》えて言う。

「さっき『足跡を見て』と言っていたな……どういうことだ？」

「ああ、扉《とびら》に向かってる足跡がふらついてただろ？　グール化した人間の足取りみたいだったんだよ」

「……ああ、なるほどな」

「それに、その直前まで座《すわ》っていたであろう椅子の周りだけ、ちょっと暴れた跡があった。つまり急に現れた吸血鬼に襲われてあっという間に血を吸われてグール化された、ってことだな」

「吸血鬼か……」

「やっぱり今の騎士団だと、あんまり騎士団学校とかで取り扱《あつか》わないのか？」

「ああ。確か前に少しみた古い教本には、大きく載《の》っていた気がするが……」

まあ、それはそうだろうな。

とラインハルトは思う。

吸血鬼による人間のグール化は、二百年前のある時を境にほとんど見られなくなったのだが……。

（ここに来て、また起きるとはなあ）

吸血鬼によるグール化騒動《そうどう》は、ラインハルトの時代は最高ランクのモンスター災害として恐れられていた。

「今回の仕事……だいぶ報酬《ほうしゅう》相応の仕事になりそうだな」

ラインハルトはそんなことを思ったのだった。

第二話　アリスレート過去編2

時刻は夜の十七時。

すっかり日は沈《しず》んでしまっている。

ラインハルトとハロルドは、領主のクロムに報告するために屋敷《やしき》に戻って来た。

すると、先に戻っていたらしいブロストンとミゼットがクロムと話していた。

「なるほど……つまり」

クロムは眉《まゆ》を寄せて難しい顔をしている。

それに対しブロストンは言う。

「ああ。今回の失踪事件、吸血鬼の仕業《しわざ》と見て間違《まちが》いないだろうな」

「なっ!!」

それを聞いて驚《おどろ》くクロム。

ブロストンたちは、自分たちが報告する前にこの短時間で二人だけで騒動の原因を突き止《と》めてしまっていたのだ。

（……まあ、ブロストンは俺《おれ》以上の精度で足跡追跡《あしあとついせき》の魔法は使えるしな。ミゼットのやつもアレで頭がキレるし、同じ結論にたどり着いても不思議じゃないわな）

ブロストンがラインハルトとハロルドに気付いて、こちらの方を向いてくる。

「そちらはどうだった？」

「どうだったも何も、ついさっきグールに襲われたぜ」

そう言って肩をすくめるラインハルト。

「ってことは確定やねえ」

ミゼットはいつも通りニヤニヤしたままそう言った。

「……吸血鬼《ヴァンパイア》ですか。レストロア領では記録はありませんが、隣接《りんせつ》する領土のほうではいくつかモンスター災害としての記録はありましたね」

クロムはそう言った。

「アンタ他の領土の災害とかも調べてるんだな」

「はい。王国内全《すべ》ての領地の災害記録には一通り目を通しています。領土運営に転ばぬ先の杖《つえ》になればいいかなと思って、小心者なので」

そう言って、いやあお恥《は》ずかしい、といった感じで頭を掻くクロム。

ラインハルトは改めて素直《すなお》にこの男凄《すご》いなと感心した。

いかにも覇気《はき》のないあまり頼《たよ》りになりそうにない見た目だが、そこで判断すると痛い目を見るタイプである。

「とはいえ、実際に起こったのは二百年ほど前だったはずです。だから可能性として見落としていました……」

「ああ、まあ吸血鬼が起こすグール化災害は二百年前『吸血鬼の谷』ができてから、無くなったからな」

「なんやそれ？　初めて聞くな」

ミゼットがそう言った。

「公にはせずに、吸血鬼たちの間で起こった変化だからな。俺が知ってるのは二百年前に実際に『吸血鬼の谷』の創立に関《かか》わったからだよ」

ラインハルトは当時のことを語り始める。


二百年前。

吸血鬼たちは三つのグループに分かれて対立していた。

他者をグールとして支配できる吸血鬼たちの争いは、当然自分たちの兵隊を集めるために人里を襲ってグール化させるという事件を頻繁《ひんぱん》に起こすことになった。

ヤマト率いる『伝説の五人』は、そんな時ある一人の吸血鬼に出会う。

心優《こころやさ》しく、人格的にも素晴《すば》らしいその吸血鬼は自分の理想をラインハルトたちの前で語った。

『ワタシは全ての吸血鬼が平和に暮らす『吸血鬼の谷』を作りたい。吸血鬼たちが他者を殺めて兵隊にしなくてもいい……そんな世界を』

ヤマトがその考えに大いに賛同した。

当然ヤマトが賛同したのだからフルートはノリノリ、ラインハルトたち残りの三人も「やれやれ」と協力をすることに。

そうして、争いの元凶《げんきょう》であった三つのグループを支配していた三体の吸血鬼を、ヤマトとその吸血鬼は見事倒し『吸血鬼の谷』を作った。

そこで吸血鬼たちはひっそりと平和に暮らすことになる。

それ以来、吸血鬼によるグール化災害は収まったのである。


「……なるほどな。初めて聞いたぞ、その話。ヤマトの伝記にも書かれていなかった」

ブロストンはそう言った。

「まあ、本筋とはホントに全然関係ねえ寄り道の話だからな。んでまあ、それから二百年聞めっきり吸血鬼関連のモンスター災害は聞かなかった……」

話を聞いていたクロムが言う。

「それが今になって急にまた起こったというわけですか……」

クロムは顎に手を当てて少し考える。

「となれば『吸血鬼の谷』に何かあったとみるのが妥当《だとう》ですね」

「そうだな」

頷《うなず》くラインハルト。


その時だった。


「おとうさまー」

トテトテと小さな少女がブロストンたちの間を抜《ぬ》けて歩いてきた。

「おお、ミーア」

クロムは顔を綻《ほころ》ばせてその少女を抱《だ》きかかえる。

さらにその後ろから。

「……ダメじゃないか、ミーア」

もう一人、細身の男がミーアと呼ばれた少女を追いかけて歩いてくる。

クロムは言う。

「ああ、皆《みな》さん。紹介《しょうかい》します。こちらはミーア・レストロア、私の娘《むすめ》です」

母親似なのだろう。目元以外はクロムとはあまり似ていない、非常に可愛《かわい》らしい顔立ちをした少女だった。

この時点で将来はきっと凄く美人になるだろうと想像できる。

「それから、こちらが私の兄のジェームズ。領内の事務を取り仕切ってもらっています。学業が非常に優秀《ゆうしゅう》でして、事務処理の能力は我《わ》が兄ながら高いんですよ」

そう紹介された細身の男は、こちらもあまりクロムとは似ていない。

小太りのクロムと体型はもちろん違《ちが》うが、兄のジェームズの方は痩《や》せているというよりは、体が弱いのか肌《はだ》の色つやがよくなく病弱と言った感じだった。

代わりにというか、顔立ちは非常に美形である。

「……」

ジェームズはラインハルトたちの方を一瞥《いちべつ》すると。

「……まったく、クロム。お前は何を考えているんだ。レストロア領の問題にこんな外部の冒険者《ぼうけんしゃ》を雇《やと》うなんて」

いきなりそんなことを言ってきた。

「領土の問題は領主と国でなんとかするものだ。責任のない民間のやつらに任せるなんてどうかしてる」

「まあ、そう言わないでくださいよ兄上。父上の時代はなるべくそうしていたのは確かですが、今は割《わ》り振れるところは民間に割り振る時代になってきてるので」

いきなりラインハルトたちに対して嫌味《いやみ》を言ってきたジェームズを、クロムがまあまあとなだめる。

「ふーん……なあ、ジェームズさん、ちょっと聞きたいんやけど」

口を開いたのはミゼットだった。

「なんだ民間人？」


「さっきから、姿消してこの部屋にいるやつはアンタの部下かなんかかなん？」


ミゼットは照明の上を指さして言う。

ジェームズが眼を見開いてそちらを見る。

ミゼットが指さした方には、誰の姿もなかったが……。

「……ククク、誰《だれ》が人間の部下であるものか」

誰もいないはずの照明の上の方から声が聞こえてきた。

そして姿の見えない何者かは、照明から飛び降りる。

トンと、柔《やわ》らかい着地の音と共に、姿を消していた何かが赤い霧《きり》になって消えていく。

現れたのは若い金髪《きんぱつ》の男だった。

特徴的《とくちょうてき》なのは鮮血《せんけつ》のように赤い瞳。そしてニヤリと笑った口元に見える発達した犬歯。

「……吸血鬼か」

「お初にお目にかかります下等生物諸君。私の名はレッド。高貴な上位種族。吸血鬼の一人」

そう言って恭《うやうや》しく挨拶《あいさつ》するが、全く相手に対する敬意は感じられない。

むしろ明らかに自分たち以外を見下しているのが声音《こわね》で分かる。

（……なんつーか、俺らの時代の吸血鬼らしい吸血鬼だな）

ラインハルトはそんなことを思う。

二百年前の『吸血鬼の谷』ができる前の吸血鬼たちは、こういう自分たちが特別であるという意識の者が多かった。

「曲者《くせもの》が!!」

ハロルドは素早《すば》く剣を抜き、レッドに切りかかる。

一等騎士としての素早い身のこなしから放たれる一撃。

狙いも移動を封《ふう》じて確保するために下半身に定めている辺り、非常に教本通りである。

しかし。

ハロルドの剣がレッドの体を捉えた瞬間《しゅんかん》、その体が血の霧となって消えた。

「なっ⁉」

「ははは、どこを見てるんだい？」

声が聞こえたのはハロルドの背後から。

ズバッ‼

と、レッドの鋭《するど》い爪《つめ》がハロルドの背中を切りつけた。

「ぐあ‼」

防刃性能の高い騎士団の制服を容易く切り裂《さ》き、深々とハロルドの体を抉《えぐ》る。

バタリとその場に倒れるハロルド。

「ぐうっ……」

死んではいないが、立ち上がるのは困難なようだった。

「……一等騎士のハロルドがこれほど容易く」

唖然《あぜん》とするクロム。

『オリハルコンフィスト』などがあまりにも例外的でラインハルトもその一員なので忘れそうになるが、一等騎士というのは上位5％以下の圧倒的《あっとうてき》強者なのである。

それをここまで容易くあしらってしまうとなれば……。

「Sランクの領域に足を踏みいれてるわけか……」

「ふふふ、その通りだよ下等生物くん。一等騎士など物の数ではない」

レッドは犬歯を見せながらニヤリと笑った。

「……ここに何の用があって来た、吸血鬼」

クロムは普段《ふだん》の頼りない様子からは想像つかないほど、この強力な侵入者《しんにゅうしゃ》に対して毅然《きぜん》とした態度で問う。

「ふむ、下等生物にしてはなかなかの意志の強さだ。なに領主殿《どの》は最近『失踪事件』の件で働き過ぎだ……」

次の瞬間、レッドはクロムの背後に立っていた。

「!!」

「だから、娘を預かって休ませてあげようと思ってね」

レッドはクロムの腕の中にいたミーアを奪《うば》い取る。

「おとうさまー!!」

「ミーア!!」

「なに、領主殿はこの件に関してしばらく大人しくしていてくれればいいのですよ」

そう言ってニヤリと笑うと、レッドは跳躍《ちょうやく》し窓から逃《に》げようとする。


「逃がすわけねーだろうよ」


ラインハルトは床《ゆか》を蹴って、逃げ去ろうとしたレッドに襲いかかった。

「散れ、下等生物が!!」

レッドはラインハルトに対して、血霧をまとった拳《こぶし》を放ってくる。

「強化魔法《まほう》『剛拳《ごうけん》』」

ラインハルトも拳を放ち迎撃《げいげき》。

バチイイイイイイイイイイイイイイイイイイイイイイイイイン!!

と、強烈《きょうれつ》な威力《いりょく》の拳同士が激突《げきとつ》する。

衝撃《しょうげき》で周囲のガラスがいっぺんに粉々になるほどであった。

……そして。

「ぐおっ!!」

苦悶《くもん》の声を上げたのはレッドの方であった。

ラインハルトと打ち合った右手が無残にへし折れている。

「くっ……馬鹿《ばか》な!!　僕《ぼく》はSランク級の強さを持つはずだ……」

ミーアを腕の中に抱《かか》えたまま、床に膝《ひざ》を突くレッド。

ラインハルトはそんなレッドを見下ろしながら言う。

「拳を合わせてみて分かった。確かにお前はSランクの力を持ってる……だがSランクの中にも差があるんだよ。お前はSランクとしては下の下ってところだな。やり方次第《しだい》じゃAランクにも負ける。俺はこれでもSランク最上位クラスの実力はあるんでな」

「クソが!!」

美形な顔を歪《ゆが》ませて苛立《いらだ》つレッド。

（……よっぽど自分の力に自信があったんだろうな。しかもかなり過信気味だ。どうも真っ当なやり方で強くなった感じはしない）

ラインハルトがそんなことを考えている間に、レッドの右腕《みぎうで》が再生した。

「やっぱり『使徒』の再生能力はすげえなあ」

「その通りだ!!　我々は二十四時間以内に心臓を三度破壊《はかい》されない限りはすぐに再生す

る」

　レッドは立ち上がると、まだ自信にあふれた目をして言う。

「確かに真っ向から戦えば貴様の方が強いようだ……だが僕は吸血鬼、勝つ方法はある」

　そして、床を蹴って。

「貴様の仲間をグールにして僕の兵隊にすればなあ!!」

　そう言ってレッドはミーアを抱えたまま……愚《おろ》かなことにブロストンとミゼットの方に飛びかかっていった。

「あ、馬鹿おま」

　ラインハルトは止めようとしたが、遅かった。


　ズドン!!


　とブロストンの無造作に放った拳が、一撃でレッドの胴体を心臓ごと木《こ》っ端《ぱ》みじんに粉《ふん》砕《さい》した。

「ごばあ!?」

「心臓、これで一回潰《つぶ》れたな」

ブロストンはハエでも払《はら》ったかのようにそんなことを言う。

当然胴体を吹《ふ》っ飛ばされてはミーアを抱えておけるはずもなく、ブロストンが宙に投げ出されたミーアをキャッチする。

「怪我《けが》はないか、少女よ」

「……は、はい」

助けられたはずなのに、目の前で見せられたブロストンの凶悪《きょうあく》過ぎる一撃に攫《さら》われそうになった時よりも怖《こわ》がるミーア。

「ぐっ……」

一方、レッドの再生能力は凄《すさ》まじかった。

肉片《にくへん》と化した体があっという間に再生する。

「コイツも強いのか、ならお前だ!!」

そう言ってレッドが次にターゲットにしたのはミゼット。

しかし、こちらも。

「第五界級魔法《かいていまほう》『サンダードーム』」

「ぐおっ!?」

接近しようとしたら、自分の周りに電気のドームを発生させる魔法を食らった。

しかも、無詠唱《むえいしょう》で放っているにも拘《かか》わらずSランクの体の強さを誇《ほこ》るレッドが、動けなくなるほどの威力である。

そして。

ガシャン!!

と、ミゼットが重々しい黒光りする銃《じゅう》を構えた。

「これで心臓、二回目やねえ」

ガガガガガガガガガガガガガガガガガガガガガ!!

「ぐああああああああああああああああああああああああああ!!」

という普通の銃では聞いたこともないような連続的な発砲音《はっぽうおん》と共に、弾丸《だんがん》が高速で発射されレッドの体を貫《つらぬ》く。

「あちゃあ。人の話は最後まで聞くもんだぞ吸血鬼」

ラインハルトは頭を掻《か》く。

「その二人はSランクの先……『超越者《イクシード》』だぞ。俺に負けてるようじゃ瞬殺《しゅんさつ》されるに決まってる」

「ぐっ、おっ……」

体中を風穴だらけにされながらも、高速で再生を始めるレッド。

「ラインハルトよ。ミーア嬢《じょう》を頼《たの》む」

ブロストンはミーアをこちらに預ける。

そしてレッドに近づくと。

「上級神性魔法『イノセンスリング』」

黄金色《こがねいろ》に輝《かがや》く光の輪がレッドの体を拘束《こうそく》した。

「ぐっ……なんだこれは……」

拘束されているのは、手と胴体だけなのだがなぜか足も動かせず、魔法も使えない状態に困惑《こんわく》するレッド。

「『イノセンスリング』は、吸血鬼やアンデットやスケルトンなどの特定の種族に対して強力な拘束力《こうそくりょく》を誇る神性魔法だ。破るには桁外《けたはず》れの腕力か『イノセンスリング』を使用した時の一・五倍以上の瞬間出力で魔力《まりょく》を放出するしかない……どちらもお前には無理なようだな」

まあ「お前には」というか、ブロストンの一・五倍の出力を出せるやつがこの世界に何人いるんだ、と突《つ》っ込《こ》みたくなるラインハルトであった。

「さて……」

ブロストンは改めて、拘束したレッドを見下ろす。

「なんだ……俺を捕《つか》まえてどうする気だ下等生物」

この状況《じようきよう》でまだ不遜《ふそん》な態度を崩さないレッド。

それに対しブロストンは。

「お前の背後にいるのは誰だ？」

単刀直入にそう言った。

レッドが驚いて目を見開く。

「……な、何のことだよ」

「今の反応で分かったようなものだがな。ここに来てからのお前の立ち回りや言動を見れば、明らかに今領内で起きているような失踪《しつそう》事件を首謀《しゆぼう》できるような知略や計画性があるとは思えない」

ブロストンの要するに「お前、頭が悪そう」という事実を淡々《たんたん》と述べる口ぶりに、眉をピクつかせるレッド。

拘束されていなければ、もう一度殴《なぐ》りかかっていたことだろう。

「だが、一番の決め手は、強さの割には敵の力量を把握《はあく》する能力があまりに低いことだな」

「……ああ、なるほどな」

それ自体は、ラインハルトも気づいていた違和感《いわかん》だが、ブロストンの言葉を聞いてラインハルトもその背後にあるものに思い至る。

「つまり、コイツはここ最近で『使徒』になったやつってことか」

ラインハルトの言葉に頷くブロストン。

通常時間をかけて実力を磨《みが》いた者や生まれながらにずっと強かった者は、ある程度相手の力量を初見で判断する能力が身につくものである。

自身の強さの割には相手の力量を見抜《みぬ》く能力が無いというのは、短期間で急激に強くなった者にはありがちだが、この男は特にそれが酷《ひど》い。

さらには、ことさらに自分の力と吸血鬼であることを誇示《こじ》するような態度。

「要は、急に力を手に入れて気分の大きくなった小物ちゅうことやね」

ミゼットも容赦《ようしゃ》なく事実を口にする。

「……貴様らぁ。ぶち殺して僕のグールにしてやるからな」

怒《いか》りに満ちた目でこちらを睨《にら》みつけてくるレッド。

「……ふむ」

ブロストンは顎《あご》に手を当てて言う。

「どうやらお前は、今の自分の立場が分かっていないようだな」

「……なんだと？」

「お前は敵対している相手の本陣《ほんじん》で捕まったのだ。このあとやることなど一つしかあるまい」

カシャン。

と、ミゼットが銃口《じゅうこう》をレッドの方に向けた。

「まさか……処刑《しょけい》する気か!!」

「違う、尋問《じんもん》だ。お前の裏にはおそらく『お前を吸血鬼にした黒幕』がいる。そいつの正体と貴様らの目的を聞き出すのだ」

「いや、銃口頭狙ってるじゃないか!!　吸血鬼は心臓最後の一回は再生能力が弱くなって普通の人間と同じで、頭を撃《う》たれても死ぬんだぞ!!」

「知っている。だが……残念だな。オレの尋問は死んだところで終わらんぞ？」

「え？」

ガガガガガガガガガガガガガガガガガガガガガガ!!

と、ミゼットの銃から発射された鉛弾《なまりだま》が、レッドの頭や心臓を貫いた。

「ごぼ……っ!!」

小さく呻《うめ》くような声を上げて絶命するレッド。

ブロストンは亡骸《なきがら》となったレッドに手をかざすと。

「その定めを打ち破れ、運命に抗《あらが》う悪魔《あくま》となれ、神々への反逆を……究極神性魔法『オメガヒーリング』」

その瞬間。

煌々《こうこう》しい光がレッドの死体を包み込む。

見る見るうちに体の傷が治っていった。

その場にいた『オリハルコンフィスト』以外の人間は、本日一番と言っていい驚愕《きょうがく》の表情を見せる。

回復魔法というのは、相手の経絡《けいらく》に働きかけ本人の自然回復力を利用して回復させるものなのである。つまりすでに生命としての働きを失った死体では、回復させることができないはずなのだ。

しかし、ブロストンの回復魔法は絶命した相手の体を治している。

それはつまり……。

「……ハッ!?」

パチリと目を開けるレッド。

「僕はいったい何を……さっき殺されたはずだ。あのとんでもない苦痛は夢?」

「違うぞ」

困惑するレッドにブロストンは言う。

「オレは死んでから時間が経《た》っていなければ、死人を生き返らせることができるのでな」

「……」

信じがたいが、実際に殺される際の凄まじい苦痛を鮮明《せんめい》に覚えているレッドは信じるしかないという様子だった。

そして。

カシャン。

「ほな、二回目行こうか」

ミゼットが再び銃をレッドに向ける。

「!!!!!!!!!!!!!!!!!!!!!!!!!!!!!!？」

「何を驚いている？　尋問だと言っただろう。お前が情報を吐《は》き出すまで続けるぞ」

「オオオオオオオオオオオオオオオオオオオオオオオオオオオオオオオオオオオオおお!!」

ガガガガガガガガガガガ。

とレッドの絶叫《ぜっきょう》を、ミゼットの銃撃音《じゅうげきおん》がかき消す。

相変わらずムチャクチャなやつらだ……とラインハルトが呆《あき》れていると。

「……あの人たち……こわい」

と、ラインハルトの腕《うで》の中にいるミーアがドン引きしていた。

「……見ちゃいけません」

ラインハルトはミーアの目を塞いだ。

□□

「……お、おお、お、お……」

そんなこんなで、銃殺《じゅうさつ》からの蘇生《そせい》、さらに銃殺という前代未聞《ぜんだいみもん》の拷問《ごうもん》を三周ほど受けたレッドは、死んだ目をして言葉になっていない呻き声を上げていた。

そんな様子を見てミゼットは言う。

「なあブロストン。やっぱり、あの修行《しゅぎょう》プラン無理やって」

「……うむ。そうかもしれんな」

レッドの反応は当然である。

死という生物の根源的な恐怖《きょうふ》に何度も晒《さら》されることはもちろん、単純に死ぬほどのダメージを受けるというのはメチャクチャに痛いし苦しいのである。

もしこんなものに耐《た》えられる奴《やつ》がいるとしたら、そいつの精神には逆に何かおかしなところがあると言っていいだろう。

「それで……話す気になったか？」

ブロストンが尋《たず》ねるが。

「お……お……」

やはり死んだ目で意味不明のうめき声を上げるだけのレッド。

「ふむ、ではもう一度やるか」

「ま、待ってくれ!!　話す、話すから!!」

ハッとして、声を上げるレッド。

「では、改めて聞こう。貴様の背後にいるであろう者の正体と、そいつの目的はなんだ？」

ブロストンの言葉に。

「ふっ……ではまず僕たちが何なのか語ろうじゃないか」

先ほどまでの死人のような感じはすっかりなくなり、偉《えら》そうな口ぶりに戻《もど》るレッド。

（……僕「たち？」）

しかし、ラインハルトにはその態度の変化よりもレッドの言い回しの方が気になった。

ということはつまり……。


「僕らは『十二使徒』。全員がSランク級の力を持つ十二人の吸血鬼《ヴァンパイア》だ」


「全員……だと？」

目を見開くラインハルト。

その姿を見て、優位に立った気になったのかレッドは笑って言う。

「ははは、そうとも。言っておくが残りの十一人は全員僕より強いぞ。敵に回せば貴様らとて命はない」

「なるほど……確かに本当だとすれば厄介《やっかい》ではあるな」

ブロストンはそう呟《つぶや》いた。

ブロストンやミゼットなら並のSランク相手なら危なげなく勝てるだろうが、さすがに人数が多くなってくるとそういうわけにもいかなくなってくる。

「僕らは『あのお方』にある計画のために集められた」

「……その計画とはなんだ、『あのお方』とは誰だ？」

ブロストンの問いに、レッドは答える。

「聞いて驚くがいい……我々のボスは……」

その時だった。


ぶわっ!!

とレッドの全身から大量の魔力と血液が流れ出したのである。


「がっ……ぼっ!?」

つい先ほどまでは若々しい見た目だったが、見る見るうちに干涸《ひから》びていくレッド。

「……こ、これは、ち、違うのです……決して、アナタを裏切ろうとしたわけでは!!」

恐《おそ》らく離《はな》れた場所にいる何者かに、必死に弁明をしようとするレッド。

しかし、血と魔力は容赦なく吸収されていき……。

「……い、嫌《いや》だ……」

やがて、レッドはミイラと化して動かなくなった。

ボロッ。

と崩《くず》れるレッドの体。

「な、なんだったんですか、今のは……」

壮絶《そうぜつ》な光景に少々呆然《ぼうぜん》としているクロム。

「結局、黒幕も目的も聞きそびれてしまったな」

ブロストンがそう言うと。

「……いや」

ラインハルトは首を振《ふ》った。

「少なくとも、黒幕の方だけは今ので分かった」

「ほう」

「誰なん？」

これは別にラインハルトが、ブロストンやミゼットを上回る洞察力《どうさつりょく》を持っているわけではない。

単純に今の現象を起こせる者を一人しか知らないからである。

「正直、分かったところで信じたくはねえんだけどな」

そう、ラインハルトの知る限りはこんなことをするような人物ではなかった。

同胞《どうほう》を大切にし、娘を愛し、人間を愛し、争いを嫌《きら》い、吸血鬼と人間の平和的な棲み分けを実現したラインハルトが知る中でもかなりの人格者。

『人の子らよ……どうか、吸血鬼と人間が平和に暮らせる世界のために、ワタシに力を貸してくれないだろうか』

あの男はそう言って、当時若造だった自分たちに深々と頭を下げたのだ。

「さっきこの吸血鬼に起こった現象は『血の回収』って言ってな。自分が血を分け与《あた》えることで吸血鬼になった相手から、血と魔力をどこにいても吸収できるんだ」

「初めて聞いたな」

読書家のブロストンがそう言った。

ブロストンならば吸血鬼関連の本も何冊か読んでいることだろう。

「まあ、これは使えるやつが一人しかいないからな。ほとんど知られてないさ」

そして、ラインハルトはその名を口にする。

「ウラド・ノスフェラトゥ……全《すべ》ての吸血鬼の大本にして唯一《ゆいいつ》の『真祖』だ」

□□

そこは、光のほとんど届かない場所であった。

「……口の軽いやつだ」

そこに一人の男がいた。

豪奢《ごうしゃ》でありながら洗練された黒い鎧《よろい》を身にまとい腰《こし》に大ぶりの剣《けん》を下げた男である。

見た目の年齢《ねんれい》は四十代と言ったところだが、長身で手足が長く、でありながら弱弱しさは感じさせないしっかりとした体躯《たいく》。

顔は舞台《ぶたい》俳優のように非常に整った顔立ちをしており、口元の髭《ひげ》もくたびれた感じというよりは、気品の高さや落ち着いた大人の雰囲気《ふんいき》を醸《かも》し出している。

その男に上空から壁《かべ》を染《し》みわたって何かが飛んでくる。

それは、人一人分の血液とそこに込められた大量の魔力であった。

血液は魔力と共にウラドの体の中に吸収されていく。

「ヒヒヒ、レッドのやつの血はあんまり美味《うま》そうではないですねえ……」

男が立っているせり上がった岩の下から、気味の悪い声が聞こえてきた。

「……まあ、あの男は特別強い魔力があるわけでもなかったからな。しかし、自分の力を誇示したいという欲だけは人一倍あった。だから『使徒』にさせたのだ。力を得られることを餌《えさ》にすれば、熱心に働くだろうからな」

今度は妖艶《ようえん》な女の声が下から聞こえてくる。

「ふふ……全てアナタの掌《てのひら》の上というわけね。恐ろしいわあ『真祖』ウラド」

男は……全ての吸血鬼の始まりである『真祖』ウラド・ノスフェラトゥは岩から飛び降りる。

そして、まるで重力など無いかのようにスッと着地した。

「時間は目前に迫《せま》っている」

目の前にいるのは十一人の吸血鬼たち。

そこにいる全員が強力で密度の濃《こ》い魔力を放っていた。

「『オリハルコンフィスト』か……厄介な連中が来たな。ついでに少し懐《なつ》かしい顔もいたが……それでも計画の進行を止めることは許されない」

「ヒヒヒ、承知しておりますとも……」

気味の悪い声の男がそう言ったのを聞いて、頷くウラド。

「さあ行け、『十二使徒』たちよ。全ては『コメットストライク』完成のために」

□□

レッドの死体を片付けさせ、ミーアやジェームズを出ていかせた後。

「吸血鬼ってのは四つの種類に分けられる」

ラインハルトはクロムに話を始めた。

まずは一本指を立てる。

「下から行くと、まずは『グール』これも一応は吸血鬼でな。まあ、吸血鬼のなり損《そこ》ないと言ったほうが正確なんだが。これはさっき報告した通り、吸血鬼やグールの血の毒で殺されたものがグールになる」

続いて二本目の指を立てるラインハルト。

「次が『使徒』だ。一般的《いっぱんてき》な吸血鬼だな。自分の血を分け与えることで『使徒』を一人だけ作り出すことができる。他はグールになる。大体の場合は自分の番を『使徒』にして、生まれた子供を番の方が『使徒』にすることが多いな……で、次がさっきのレッドってやつのグループだ」

ラインハルトは三本目の指を立てる。

「『純血使徒』。これは全ての吸血鬼の大本である唯一の吸血鬼『真祖』から直接血を与えられた『使徒』のことだ。『使徒』化できる人数はこっちも一人なんだが、単純に戦闘能《せんとうのう》力《りょく》がメチャクチャ高い。どんなに素体が弱かろうと『純血使徒』になった時点で、Sランク級の力を手にすることになる。ただし、さっきみたいに『真祖』によっていつでも血を回収させられてしまうリスクはあるがな」

そこまで聞いてクロムは、理解したようだった。

「なるほど、つまり今回の黒幕は……」

「ああそうだ。『血の回収』ができるやつも、明らかな素人《しろうと》を急にSランク級の強さをもった化けものにできるやつも一人しかいねえ」

そしてラインハルトは四つ目の指を立てる。

「『真祖』ウラド・ノスフェラトゥ……十二人の『純血使徒』を生み出せる、最強の吸血鬼。俺《おれ》やヤマトのやつが二百年前に、共に吸血鬼と人間の争いを無くすために戦った偉《い》大《だい》な男だよ」

「……むぅ」

ラインハルトの言葉に、クロムは厳しい顔をする。

悪い予感が当たってしまった……ということだろう。

嫌な予感がするから、わざわざ大枚をはたいてまで『オリハルコンフィスト』を呼んだわけだが、それでも敵の正体は十名以上のSランク級の戦闘能力を持つ者を従えた、最強の吸血鬼だというのだ。

　さすがにそこまでの大物が出てくることまでは、想定していなかった。

「……まあ、となればまずは行ってみるしかあるまいな」

　ブロストンが言う。

「その『真祖』たちが住んでいるという『吸血鬼の谷』とやらに」

「ああ、そうだな」

　頷《うなず》くラインハルト。

「そんならワイがここに残るわ」

　そう言ったのはミゼットだった。

「一応今回ので、宣戦布告したようなもんやしな。騎士団《きしだん》増員してるとはいえ『純血使徒』レベルに来られたらキツイやろ」

「うむ、そうだな。それにミゼットの方がオレやラインハルトより広域殲滅《せんめつ》向きだ」

　クロムは頷いて言う。

「では、私の方は騎士団本部と王族に騎士《きし》の増員と、特等騎士の配備を申請《しんせい》しておきましょう。『真祖』の話は資料が不足しているため、説得しきれるかは分かりませんがいざとなれば、多少ダーティな交渉《こうしょう》をやるつもりです」

「ははは、さらっと騎士団や王族相手にダーティな交渉とか言うんやな。怖い怖い」

ミゼットが笑いながらそう言うと。

「領地運営のための日頃《ひごろ》の情報収集の副産物ですよ。使わないに越《こ》したことはありません」

クロムもそう言って小さく笑った。

□□

「待て、冒険者《ぼうけんしゃ》パーティ」

『吸血鬼の谷』に向かおうとしたラインハルトとブロストンに声をかけてきたのは、騎士団隊長のハロルドだった。

「なんだよ。一応今回の動きは正式に許可をもらって……」

「違《ちが》う、お前たちを咎《とが》めに来たんじゃない」

ハロルドは首を横に振る。

「お前たちが来てから、明らかに捜査《そうさ》は進んだ。お前たちの有能さはもはや認めざるを得まい……正直な話、不服だがな」

ハロルドは真剣《しんけん》な表情になる。

「俺にもな……騎士としてだけでなく、一刻も早くこの事件を解決したい理由があるのだ」

「理由？」

「妻が……この事件に巻き込まれて行方不明《ゆくえふめい》になっているのだ」

「ああ、そうだったのか」

ハロルドの話によると、ハロルドの妻はレストロア領の出身らしい。

用事があって里帰りをしている間に、今回の連続失踪事件が起こった場所に運悪く居合わせたようで、未《いま》だに行方が分かっていないのだという。

「……それは」

ラインハルトは話を聞いて少々言いづらい事実に思い至り、少々口にするのは躊躇《ためら》われた。

しかし、この場にはこの手のことで容赦の無い男が一人。

「お前の妻はすでにグールになっている……つまり死んでいる可能性が非常に高い。それは分かっているのか？」

ハロルドが厳しい顔をする。

「……ブロストンお前なあ」

「こういうことは、下手に誤魔化《ごまか》さないほうがいい」

確かにブロストンの言うとおりなのである。

一晩で何人もの人間を攫うというのは、本来かなりの手間である。運搬用《うんぱんよう》の大きな荷台を沢山《たくさん》用意しなくてはならないし、いくら町から離れた田舎《いなか》がターゲットとはいえ目につくだろう。

今回の集団失踪が今までその正体を隠《かく》せたのは、吸血鬼のグール化能力を活《い》かしてグール化された村人がまた別の村人を襲《おそ》ってグールにするという、ネズミ算式の誘拐《ゆうかい》方法を使ったからである。

そして必然的にそうなれば、攫われた人間はグールになっているということだ。体は主たる吸血鬼の命令で動くが、血液毒に脳を破壊《はかい》された不可逆の『死人』に……。

その事実を突きつけられ、しかしハロルドは。

「……分かっている」

苦しそうな表情をしながらも、強い口調でそう言った。

「だが、まだ妻の死体を見たわけでもグールにされた妻を見たわけでもない。なら、諦《あきら》めてたまるものか」

ハロルドは少し遠くを見ながら、おそらくは妻のことを思《おも》い浮《う》かべる。

「俺の妻なのだ。まだ生きている可能性が少しでもあるのであれば、そこにかけるのは当然だろう」

ハロルドは言う。

「本来はお前たちが有能かどうかというのは、関係ないのだ。我々騎士は組織人だからな。どこかで規律を乱して特例を作ってしまえばいつかシワ寄せがくる。騎士団の管理職についたものとして全体の利益を考えるならそれは許されることではない……俺はそう考える」

ハロルドの言うことにも一理ある。

とラインハルトは思う。

組織というのは、規律の通りに沢山の人間が動くから機能するものである。

仮にどこかで特例を認めてそれが上手《うま》くいったとしても、「規則や規律を守らなくていいんだ」という空気がそこにできてしまえば、後々に徹底《てってい》した組織としての動きを求められる時に綻《ほころ》びが生じる可能性は低くない。

ハロルドは元々の性格も大いにあるだろうが、そのことを理解した上でラインハルトたちに「余計なことはするな」と言っていたのだろう。

「だが、俺は今回その考えを曲げる……どうか我々にお前たちのサポートをさせてくれ」

そう言って頭を下げるハロルド。

「そして、この事件を一刻も早く解決して欲《ほ》しい」

「……ハロルド。あんた、よっぽど嫁《よめ》さんのこと愛してるんだな」

ハロルドの性格なら、本来は部外者の自分たちに頭を下げたくなどないはずだ。

『ラインハルト、愛は素晴《すば》らしいですよ。見返りを求めず、相手の幸せを自分の幸せのように感じられること。この世界のあらゆる宝石に勝る美しい輝きです』

ラインハルトは口癖《くちぐせ》のように『愛は素晴らしい』と言って、一生その『愛』に殉《じゅん》じた変態女のことを思い出していた。

「顔上げてくれや、ハロルドさんよ」

ラインハルトは言う。

「元々、こっちはアンタらとできるだけ協力するつもりだったんだからな」

そしてブロストンが言う。

「そうだな……それに協力してくれるというならちょうどいい。ハロルドよ、お前も『吸血鬼の谷』に同行してもらいたい。さっき歩きながらラインハルトに聞いた話では、『吸血鬼の谷』はそこそこの広さがあるようなのでな。聞き込み調査などが必要になれば人は多いほうがいい」

「俺がか？　構わないが……人手が欲しいだけなら部下の隊員をつけてもいいと思うぞ」

「行くまでの道が険しいことや、吸血鬼たちは基本的な戦闘能力が高いこともあって、それなりに腕利《うでき》きでないと危険だからな。一等騎士のお前なら遜色《そんしょく》あるまい」

「そういうわけだ頼《たよ》りにしてるぜ」

ラインハルトはそう言ってハロルドの肩《かた》を叩《たた》いたのだった。

第三話　アリスレート過去編3

『吸血鬼の谷』は距離《きょり》だけで言えば、レストロア領からそれほど遠い場所にあるわけではない。

場所は大陸に十二か所あるどの国にも属さない非管理区域である。

直線距離で言えば馬車を乗り継《つ》いで三日ほどで着くのだが、それができない理由があった。

『吸血鬼の谷』を囲むようにして存在する『腐敗《ふはい》の森』と呼ばれる危険地帯である。

この森では毒性の高い植物が生い茂《しげ》り、さらに地盤《じばん》は緩《ゆる》くそこかしこに底なし沼《ぬま》がある。

加えてモンスターたちは、植物の毒を体の中にため込んで濃縮《のうしゅく》した猛毒《もうどく》のモンスターと、毒をモノともしない強い魔力や耐性《たいせい》をもった強力モンスターばかりである。

普通《ふつう》の人間が足を踏《ふ》み入れればあっという間に、毒に侵《おか》されるか沼に沈《しず》むか強力モンスターの食料になるかするこの地獄《じごく》を越《こ》えた先に『吸血鬼の谷』はあるのだ。

「……くっ、しかしわざわざ自分たちの住処《すみか》を『腐敗の森』の先に作るとは」

ハロルドは『腐敗の森』を歩きながら、忌々《いまいま》し気《げ》にそう言った。

すでに毒性植物の毒を三回くらい、底なし沼に二回はまっている。

「だからいいんだよ」

先頭を行くラインハルトは目の前を邪魔《じゃま》している、棘《とげ》の生えた蔓《つる》を魔法《まほう》で焼き払《はら》いながら言う。

「ウラドのやつは吸血鬼たちが人のそばで暮らしている限り、どうしても自分の僕《ぼく》を作ろうと思ってしまう者が出ることを分かっていた。だから、出ていくのも入ってくるのも難しい場所に吸血鬼たちの住む場所を作ったんだ」

ギイイイイイイイイイ!!

その時、不意に背後から大型モンスターが現れ一行に襲いかかる。

「……ふむ」

バコオオオオン!!　グシャ!!

しかし、最後尾《さいこうび》のブロストンがまるで小さな羽虫でも払うかのように無造作の裏拳《うらけん》で、モンスターの頭を吹《ふ》っ飛ばした。

「しかし、どうしてそのような平和的な考えを持っていたものが、今頃《いまごろ》人里を襲わせてグールを作り出しているのだろうな」

「ホントな。それがマジで分からねえんだよ」

「……化け物どもめ」

ハロルドはそう呟く。

ラインハルトやブロストンはこの難所をまるで通り慣れた近所の道であるかの如く、雑談をしながら歩いていく。

(実際、ついてくるのがハロルドで正解だったな)

ラインハルトは後ろを付いてきているハロルドの方をチラリと横目で見てそう思った。

かなり疲労《ひろう》はしているが、底なし沼は強化魔法や界綴魔法《かいていまほう》を上手く使って自力で脱出《だっしゅつ》しているし、毒も自分で体内の魔力《まりょく》を操作して解毒《げどく》している。

モンスターも今のところ現れた途端《とたん》にブロストンが倒《たお》してしまっているが、十分に倒せるだろう。

さすがは一等騎士と言ったところだ。

おかげで、いちいち助けるために時間をロスすることがない。

「さて、ここまでくればもうすぐだな」

ラインハルトは目の前に現れた巨大《きょだい》なシルバーコングの骨を見て言う。

『腐敗の森』の毒を受け続けても形を失うことがないほど頑健《がんけん》な骨格を持つ、このモンスターを倒したのが二百年前のラインハルトたちだった。

三人はシルバーコングの骨の横にある岩山の階段を登っていく。

そしてそこからさらに二時間ほど歩くと……。

「見えてきたぞ。この坂を越えれば吸血鬼たちが平和に暮らす安息の地。『吸血鬼の谷』だ」

ラインハルトは二百年前に、魔王《まおう》を倒した後に訪《おとず》れた時のことを思い出す。

質素な家々が立ち並び、穏《おだ》やかな顔で吸血鬼たちが暮らす、そしてそれを中心部にある祭儀《さいぎ》場から優《やさ》しい目で見つめるウラドの姿。

そして坂を越え目に飛び込《こ》んで来た『吸血鬼の谷』を見た時。


「……なっ!!」


ラインハルトは思わず声を上げた。

そこにあったのはただの瓦礫《がれき》の山であった。

まるで凶悪《きょうあく》な敵国の兵隊に荒《あ》らされ尽《つ》くし、その上で大きな災害にでもあったかのように『吸血鬼の谷』は人っ子一人いない瓦礫の山になっていたのである。

「ふむ……これは」

「聞いてた話とずいぶん違うな」

ブロストンとハロルドはそう言った。

「何かあったのは想像してはいたけどよお……」

さすがにここまでは想像してねえぞ、と呟くラインハルトだった。

□□

ラインハルトたちはとりあえず廃墟《はいきょ》と化した『吸血鬼の谷』を捜索《そうさく》することにした。

「俺が来る意味はあまりなかったかもしれないな」

ハロルドは周囲を見回しながらそんなことを言う。

確かに、聞き取り調査など人っ子一人いないこの状況《じょうきょう》ではやりようがないだろう。

一方ブロストンは瓦礫の状況などを見ながら色々なことを推察する。

「使われている木材の劣化《れっか》を見る限り、こうなったのは五十年ほど前と言ったところか。武器による破損よりは魔《ま》法攻撃《ほうこうげき》による破損が多い。どこかの魔《ま》法戦闘《ほうせんとう》を得意とする軍隊に襲われでもしたか？」

「可能性はなくはねえが……」

ラインハルトは言う。

「そもそも『腐敗の森』を抜《ぬ》けて、吸血鬼たちを全滅《ぜんめつ》させられる軍隊がどれだけいるかって話だな。それこそ、王国騎士団の『王器十三円卓《えんたく》』とか『帝国《ていこく》』の『七武官』が複数人で征服《せいふく》に来るとか……あとはまあ、ワンチャンできるとすればエルフォニアの『魔法軍隊』とかくらいだな」

しかし、その上でも難しい理由はある。

「だが仮にそいつらが来たとしても、そうそう簡単にやられるとは思わねえんだ。それくらい吸血鬼たちは平均的に戦闘能力が高いし、何よりリーダーのウラドはメチャクチャつええからな」

そんなことを話しながらラインハルトたちは、瓦礫の中を進んでいく。

そしてしばらく歩くと……。

「ここは……一応原形をとどめてるみたいだな」

そこにあったのは、教会のようなものだった。

大陸正教会の教会と似てはいるが、赤を基調としたデザインは黒か白を基調としなければいけない本来のモノとは違う信仰《しんこう》の下に造られたモノである。

ウラドによって造られた、吸血鬼たちが己《おのれ》の力に振り回されず今日も平和に過ごせることをこの大地に感謝するために造られた神殿《しんでん》である。

原形を留《とど》めていると言っても完全に無事かと言われると全くそんなことはなく、一部は破壊されており、また数十年単位で放置されたためか植物に覆《おお》われ砂とホコリまみれになっている。

「……ってか煙《けむり》上がってるな、人がいるのか？」

ラインハルトたちが近づいてみると、そこでは木で組んだ焼き機でヘビーボアが吊《つ》るされ、丸焼きにされていた。

そしてその火をじーと見つめていたのは……。

（子供……？）

十代前半くらいの少女だった。

赤い髪《かみ》にくりくりとした瞳《ひとみ》、顔立ちは非常に整っており、百人が見れば百人が美少女だと言うだろう。

身に纏《まと》っているのは、ボロボロになった黒いローブである。

「おい、大丈夫《だいじょうぶ》か」

ハロルドがそう言って真っ先に駆《か》け寄る。

騎士団として普段《ふだん》から有事の際に民間人の保護をしているだけあって、こんな明らかに

何かあった場所で少女を見つけたら放っておけないのだろう。

しかし。

「……」

少女は駆け寄ってくるハロルドに人差し指を向けると。

(……!!)

ラインハルトは地面を蹴《け》ってハロルドの前に飛び出す。

次の瞬間《しゅんかん》。

バチイイイイイイイイイイイイイイイイイイイイイ!!

と、凄《すさ》まじい威力《いりょく》の電撃《でんげき》が少女の指先から放たれた。

(……完全無詠唱《むえいしょう》だと!?　しかも速度の速い雷《かみなり》系統)

回避《かいひ》は間に合わない。

……ならば。

「魔力相殺《まりょくそうさい》!!」

相手の魔力に対して、反対の性質を持つ魔力をぶつけることで相殺《そうさい》するというポピュラーな技術である。

しかし、こういうとっさの時に使うのは一瞬《いっしゅん》で相手の魔力の質を感じ取り、反対の魔力を練りあげて正確にぶつけなければならないわけである。

つまり、超高等技術なのだがラインハルトは見事にそれをやってのけた。

パシュン。

という音と共に電撃の威力が減衰《げんすい》した。

……そう、完全には打ち消せなかった。

ドン‼

とラインハルトとハロルドのいる場所が爆発《ばくはつ》し、土煙《つちけむり》が上がる。

「うおっ‼」

少し吹き飛ばされながらも、片膝《かたひざ》を突いた状態で着地するラインハルト。

一方ハロルドの方は地面を何メートルも転がっていた。

「ぐあああああああああ‼」

(なんて魔力の質と威力だ……相殺しきれなかった)

しかも完全無詠唱での魔法発動だ。あんなものは二百年生きて一人しか使える奴を見たことがない。

それをあんな幼い少女がこれほどの威力で使ってくるとは……。

「……」

少女は再びこちらに指先を向けてくる。

ハロルドが何とか起き上がりながら言う。

「ま、待て、お嬢《じょう》ちゃん。我々は君を助けようとしているだけだ。ご両親はどこにいるんだ？　はぐれたのか？　心細いなら一緒《いっしょ》に捜すぞ!!」

そんなハロルドの言葉も空《むな》しく。

ボウッ!!

と、今度は直径７０ｍを超える火球が放たれた。

「ちっ……第七界級魔法、『ダイヤモンドシェル』!!」

発動したのは、ラインハルトが無詠唱で使用できる最も強力な防御魔法《ぼうぎょまほう》。

凄まじい硬度《こうど》を誇《ほこ》る分厚い鉱物がハロルドとラインハルトを覆う。

しかし。

「ぐお!!」

「があ!!」

その防御《ぼうぎょ》はいとも容易《たやす》く打ち破られた。

爆風《ばくふう》によって吹き飛ばされるハロルドとラインハルト。

もちろん先ほどと同じく威力は減衰したが、それでもかなりの衝撃《しょうげき》が体に襲いかかる。

「……ヤバいなこの娘《むすめ》、どう考えても俺よりつええぞ」

ラインハルトは立ち上がりながらそう呟《つぶや》いた。

今の二度の超《ちょう》強力魔法《きょうりょくまほう》を撃《う》っても、少女は少しも魔力が減ってきた様子が見えない。

まるで呼吸でもするかのように災害レベルの大破壊魔法《だいはかいまほう》を撃ってくるのである。

その証拠《しょうこ》に、間髪容《かんはつい》れずにまたこちらに指を向けて魔法を撃とうとして来ているのだ。

ラインハルトだけなら、逃《に》げに徹《てっ》すれば何とかなるかもしれないが、隣《となり》で白目を向いて倒れているハロルドがいる。

あの魔法の威力と速度を前に、担《かつ》いで逃げ切れるかは微妙《びみょう》なところだ。

（……しかたねえ、使うか）

「『固有スキル』……」

「まあ、待てラインハルトよ」

そう言って前に出てきたのはブロストンだった。

「あの少女は、恐《おそ》らくオレやミゼットと同じ領域に足を踏み入れている。ここはオレが行こう」

「……」

ラインハルトはそう言ったブロストンの背中を少しの間眺《なが》めていた。

『よく耐《た》えてくれた、ラインハルト。後は俺に任せろ』


そう言った親友で戦友のあの男のことを思い出す。

「……ああ、そうだな。頼《たの》んだぜ」

ラインハルトはそう言うと、隣で転がっているハロルドに回復魔法をかける。

「でも、マジで気をつけろよ。あの化け物、ホントにつえぇぞ。しかも急に魔法ぶち込んでくるくらい凶暴《きょうぼう》だし」

「そうだな……だが、凶暴というのはどうだろうな」

どういうことだ？

とラインハルトが聞く前に、少女の指先に魔力が集まっていた。

ドン!!

と、放たれる直径30mほどの巨大な氷塊《ひょうかい》。

それに対しブロストンは。

「ふん!!」

と拳《こぶし》を一発。

凄まじい轟音《ごうおん》と共に、氷塊が木っ端《こっぱ》みじんに砕《くだ》け散った。

ブロストンは言う。

「あの少女は、凶暴というより我々と普段自分に襲いかかってくる野生のモンスターとの区別がついていないのではないかと思う」

「区別がつかない？　人型をしているけど知性の低いモンスターだってことか？」

ブロストンは首を横に振《ふ》る。

「いや、知性はあるが『言語による会話を知らない』で育ったように見える。オレも自分で独学する前は同じ状態だったからな。知的生命体は同じレベルの知的生命体と言葉を交《か》わすことで、様々なものを『区別』する能力が身につく」

そう言えばブロストンは元々言語を用いない、オークの群れの中で生まれて過ごしたのだったなと思い出すラインハルト。

「ならばやることは一つ。言葉を使わずに友好的に接したいということを伝えるのだ」

「なるほどな……しかしどうやって、それを伝えるんだ？　裸《はだか》になって手でも上げるか？」

しかし、難しいだろう。

いきなり問答無用で攻撃《こうげき》してきたのだ。

もっと言えば、『腐敗の森』には死んだフリや、敵意の無いフリをして急に襲いかかり、強烈《きょうれつ》な毒をおみまいしてくるモンスターも多い。

ブロストンの凶暴な少女ではないという推測が正しければ、この少女の問答無用の攻撃は恐らくそういう経験によって培《つちか》われたものだ。

しかしブロストンは。

「無論……これでだ」

そう言って拳を握《にぎ》った。

「え？」

そして握った拳の親指を立て、少女の方に突《つ》き出し、斜《なな》め四十五度に傾《かたむ》ける。

『クオーターサムズアップ』。

オーク種がもめ事を解決するときの文化的な手段であり、防御回避《ぼうぎょかいひ》後退一切《いっさい》無しの殴《なぐ》り合いの開始を意味する。

ブロストンにとってのそれは、自分はこれから防御も回避も一切せずただ真っすぐに進んで殴るという合図だった。

「ちょ、おま」

「ゆくぞ」

ズンズンと進むブロストン。

「……」

当然、少女は無防備極《きわ》まりないその相手に容赦《ようしゃ》なく炎《ほのお》の一撃《いちげき》を叩きこむ。

辺り一帯の気温が一気に数十度上がり、炎が通過したところにある地面と岩盤《がんばん》が融解《ゆうかい》するほどの凄まじい高熱で放たれた巨大な火柱。

しかしブロストンは、それを一切防御《いっさいぼうぎょ》することなく真っ向から受けた。

「!?」

驚《おどろ》いて目を見開く少女。

表情らしい表情を初めて見た気がする。

「素晴らしい威力だ。前進を止められるどころか1mも後退させられてしまったぞ」

(すげえな。あのブロストンに明確なダメージを与《あた》えやがった)

驚くラインハルト。やはりあの少女は完全に『超越者《イクシード》』のレベルに足を踏み入れている。

しかしブロストンは再び前進を開始する。

防御せず、躱《かわ》す素振《そぶ》りも見せず、胸を張って堂々と。

そして、少女の目の前まで来ると大きくその拳を振りかぶる。

ちょっと横に避《さ》ければ躱せる、露骨《ろこつ》なテレフォンパンチである。

しかし、少女の方はブロストンの拳を避けようともせず、じっと見つめる。

「むん‼」

そして空気を切り裂《さ》く音と共に、ブロストンの巨大な拳が放たれた。

直撃《ちょくげき》する瞬間。

少女は拳に対して指を向け。

「ばーん‼」

と言って、強烈な衝撃波《しょうげきは》の魔法を放つ。


人知を超える怪物《かいぶつ》同士の一撃が激突《げきとつ》した。


「うおお⁉」

衝撃の余波でラインハルトとハロルドが吹っ飛ばされる。

まるで隕石《いんせき》でも落ちたかのような巨大なクレーターが地面に発生した。

……そして。

怪物同士の一撃の威力は同等。

ブロストンと少女は互《たが》いに向かい合って立っていた。

「やはり素晴らしい攻撃魔法《こうげきまほう》だな」

ニヤリと笑うブロストン。

「……」

少女もどこか嬉《うれ》しそうにニコッと笑った。

ブロストンが二歩、少女の前に歩み寄る。

そして、右手を差し出す。

その大きな手に少女も自分の手を差し出した。

ガシッ!!　と握手《あくしゅ》を交わす。

「俺はブロストン。ブロストン・アッシュオークだ」

「……ぶろすとん」

「ああ、よろしく頼む」

「……よく分からねえけど、あれで通じ合ったのか？」

地面に転がりながら二人の様子を見ていたラインハルトはそう言った。

□□

ブロストンとラインハルトとハロルドは、少女を連れて領主の屋敷《やしき》に戻《もど》って来た。

「……それで、成果はこの女の子が一人ってわけかいな」

ミゼットが苦笑いする。

「おそらくだが名はアリスレートと言うみたいだな。羽織っていたローブの裏側にそう書かれていた。犬歯の形や魔力の特徴《とくちょう》から吸血鬼《ヴァンパイア》であることは間違《まちが》いないようだが……」

ブロストンがそう言った。

「まあ、身寄りの無いか弱い少女をそのままにしておかないのは、非常によい行いだとは思います」

クロムはそんなことを言うが……。

「か弱い……なぁ」

ラインハルトがチラリと後ろの方を見る。

そこでは例の少女……アリスレートがハロルドに面倒《めんどう》をみられていた。

「ん？　なんだ。退屈《たいくつ》なのか？　まあ子供にはこういう会議はそうだろうな。しかたない、俺《おれ》が付き合ってやろ」

「どーん」

「ごはぁ!?」

アリスレートとしては子供が大人にじゃれるくらいのつもりで放った魔法で、壁《かべ》まで吹っ飛ばされるハロルド。

「……げ、元気なのは何よりです」

「……なあ、ちょっと思ったんやけど『吸血鬼の谷』って、あの子が暴れて滅んだんちゃうか?」

「……」

「……」

ミゼットの意見を正直否定できないラインハルトたち。

だがブロストンが言う。

「それは、オレも真っ先に考えたがないだろうな。谷の状態は人がいなくなってから少なくとも五十年ほどは経過している廃《すた》れ方《かた》だった」

「ああ、まあアリスレートは生まれてねえか」

幼い時に吸血鬼化した者はあるところまでは成長するが、ある時点で見た目の年齢《ねんれい》が止まる。個体差はあるが二十代から六十代の間である。

しかし、どう見ても十歳《さい》かそこらのアリスレートが該当《がいとう》するとは思えなかった。

よってアリスレートは見た目通りの年齢ということだろう。

ブロストンは言う。

「アリスレートはおそらく『一切教育を受けずに育った』のだろう。野生で生き延びた人間と同レベルの知能を持つ生き物は、ああいう感じになる……まあ、だからこそ俺にもなぜあれほどの強烈な魔法が完全無詠唱で使うことができるかまでは分からんがな」

(……そうなんだよな)

ラインハルトもそこは不思議だと思っている。

生まれながらの魔力量が膨大《ぼうだい》な『天才』というものはいるものである。

とはいえアリスレートは桁違《けたちが》い過ぎる。

ラインハルトが二百年見てきた中でもぶっちぎりのナンバーワンは、自分たちが倒した『魔王』だったが、アリスレートはそれに匹敵《ひってき》するか下手をすれば超えるのではないかというレベルである。

さらに強力な界綴魔法を完全無詠唱で使用できる魔法技術。

こちらもラインハルトが見てきた中で使用できたのは、『伝説の五人』の一人だけであった。その一人も、天性の才能に加え、膨大な努力量を身に重ねることで辿《たど》り着いた境地である。

それを、恐らく十一か十二くらいのこの年で身につけてしまっているのだ。

とにかく謎《なぞ》と不思議だらけの少女だった。

「……」

だが、何よりもラインハルトにとって引っかかっていることは……。

「どうしたのだラインハルトよ？　黙《だま》りこくって」

「ああいや、あのアリスレートって子どっかで見たことある気がするんだよな……」

そう、どこかで。

かなり前のことだが……どこかで見た気がする。

「まあ、気のせいだとは思うんだけどな……それよりもミゼット留守の間の使徒たちの動きはどうだった？」

ラインハルトの問いに答えたのはクロムだった。

「三件ほど、グールたちの襲撃《しゅうげき》がありました。二件はミゼット殿《どの》に貸していただいた武器を持った騎士団員《きしだん》たちによって対処できましたが、残りの一件は駆けつけるのが間に合わずに……」

沈痛《ちんつう》な表情を浮かべるクロム。

「まあ、いくらワイでも領内全域ってのはなあ。敵さんターゲットにする場所を分散しとるし」

肩をすくめるミゼット。

「王国最強戦力『王器十三円卓』への承認《しょうにん》は少し政治的に手荒《てあら》な真似《まね》をして通させました。ですが、こちらに派遣《はけん》されるまでにはあと四日ほどかかりそうです。面目《めんぼく》ない……」

「いや、十分すげえよ。どんな手腕《しゅわん》してんだよアンタ……」

頭を下げるクロムに苦笑いするラインハルト。

王国最強戦力を動かすことにどれだけ王族の連中が腰《こし》が重いかよく知っているだけに、この人がよさそうな小太りの男の実力が恐ろしい。

クロムは言う。

「特等騎士《きし》たちが来るとなれば引き連れてくる戦力もかなり大規模のモノになるはずです。そうなれば、しらみつぶしで敵のアジトを捜して潰《つぶ》すことも可能になる」

「……うむ」

ブロストンは頷《うなず》いた。

「となれば残る四日間、我々の手で領内を守るだけだな」

単純なことではないか、とでもいうようなブロストン。

「で、できるのですか？　いや、あなた方の強さは十分に理解したつもりですが。さすがに三人でというのは……」

クロムの当然の疑問に。

「まあ、ブロストンができるって言ったらできるんだよ領主さん。嘘《うそ》つけねえからコイツ」

ラインハルトはそう言って肩をすくめたのだった。

第四話　アリスレート過去編4

吸血鬼は分類上はモンスターである。

本来大半のモンスターは鍛《きた》えていない人間と比べて強靭《きょうじん》な体を持っているが、代わりに知性が人間よりも遥《はる》かに低い。

それにより人間が彼《かれ》らを生息域から追い出したりすることができるわけである。

しかし、モンスターの中には少数ではあるが、人間と同等の知能を持つ種もいる。

これが非常に厄介《やっかい》であり、現在は棲み分けができているが古い時代では人間との争いが頻繁《ひんぱん》におき、そして大抵《たいてい》の場合人間側は酷《ひど》い損害を受けたのである。

当然のことながら、知性が同程度なら個体が強いほうが圧倒的《あっとうてき》に有利である。

そして、吸血鬼もその類の知的生命体タイプのモンスターである（ベースが人間なのだから当然ではあるが）。

「……しかし、こんなコソコソと盗人《ぬすびと》のようなことをすることになるとはなあ」

レストロア領のとある田舎町《いなかまち》の教会の十字架《じゅうじか》の上に立ち、そう呟いたのはダグラスという男だった。

見た目の年齢は三十代前半と言ったところだろう。

獣《けもの》のような凶暴そうな相貌《そうぼう》と、鍛えられた肉体を併《あわ》せ持つ男だった。

ダグラスは元ヘラクトピアの『拳闘士《けんとうし》』であり、同時に『十二使徒』の一人であった。

そう。

彼らは知能のある元人間。

だからこそSランク級の力がありながら、当然のように相手がやられて嫌《いや》なことを考えて作戦を立ててくる。

ダグラスが今夜襲撃するのは、レストロア領の中でもかなりの田舎《いなか》の村である。

どうやらかなり凄腕《すごうで》の用心棒を領主が雇《やと》ったらしいが、数はたった三人。

全域をカバーするというのは無理な話である。

そうなれば、こういう辺鄙《へんぴ》なところは無視せざるを得ないわけだ。

「せっかく強くなったってのに……ったく、ゲイリーの野郎《やろう》つまんねえこと考えやがるぜ」

ダグラスは自分の拳を見つめながらそう言った。

今でも思い出す。

『使徒』になった日のことを。

ダグラスは『拳闘士』としては、どうしても中堅《ちゅうけん》の壁を越《こ》えられない男だった。

戦闘《せんとう》スタイルはフットワークと技術で戦うテクニック型。

だが、初めからこういう戦い方をしたかったわけではなく、元々は『拳王』の如く真っ向から敵を粉砕《ふんさい》するパワースタイルに憧《あこが》れていた。

しかし……悲しいことに、ダグラスにはパワーファイターの素質は無かった。

鍛えてもそれほどパンチ力やキック力は上がらず、『強化魔法』もそれ程《ほど》得意ではなかったのである。

だからテクニックを軸《じく》として、判定勝ちを狙《ねら》うスタイルを身につけた。

しかし、それでも限界はそう高くはない。

『闘技会《とうぎかい》』では自分よりも才能のある者たちが、自分よりも努力をしているのだ。

だからダグラスは平凡《へいぼん》なファイターだった。『拳王トーナメント』に出場することは叶《かな》わず、毎年無難にファイトマネーを稼《かせ》ぎながら、自分のやりたかった王道のファイトスタイルで大舞台《おおぶたい》で戦う天才たちを眺める日々。

そんなある日。

『王国』に旅行に来た時に、ウラドと出会ったのだ。

『お前は……強さに飢《う》えた目をしているな。我《わ》が目的のためにその血を捧《ささ》げよ。さすればその渇望《かつぼう》を満たしてやる』

そしてダグラスは『使徒』になった。

『真祖』ウラドから血を分け与えられた『純血使徒』は、なった時点でSランク級の強い肉体と魔力を手に入れる。

ダグラスは一晩にして自らに備わった力に酔《よ》いしれた。

拳は大岩を砕き、蹴りは鋼鉄すら軽々と変形させる。

ああ、素晴《すば》らしい。

あれほど手に入れたかった強い肉体がこの手の中に……。

日の光には弱くなったが、余りあるほどの高揚《こうよう》感と有能感である。

「だが、これはまだあくまで借りものだ」

『真祖』ウラドがその気になれば、いつでも回収されてしまう強さでしかない。

しかし、ウラドは自らの計画に全面協力する代わりに、ある条件を提示していた。

それが『血の縛《しば》りの解除』である。

これを行うとウラドは『血の回収』ができなくなる。

そしてその『純血使徒』は、晴れて完全に独立した吸血鬼として生きることができるようになるのだ。

「そう……俺は、この強い肉体を、俺だけのモノに……」

だからこそ、こんなセコイ真似は気に食わないが、さっさと仕事をしてしまおう。

そう言って教会の十字架の上から飛び降りるダグラス。

(……さて、とりあえずは最初に見つけた人間をグールにするか)

そんなことを考えて、真夜中の田舎道《いなかみち》を少し歩くと向こう側から人影《ひとかげ》が近付いてくる。

(可哀《かわい》そうな最初の犠牲者《ぎせいしゃ》発見……ってとこだな、ん?)

前からくる人影がおかしいことに気付く。

あまりにもシルエットが大きすぎる。

というか、二足歩行ではあるが明らかに人ではない。

「初めましてだな……『真祖』の使いよ」

そこにいたのは、灰色のオークだった。

身長は２３０ｃｍほど、体重は数百キロはあるだろう。

「……っ、テメエは」

ウラドから聞いていた、凄腕の用心棒の一人であった。

「ブロストン・アッシュオークだ。降伏《こうふく》して知っていることをすべて話せば危害を加えるつもりはない……と言っても大人しく聞くような輩《やから》ではないのだろうがな」

喋《しゃべ》るオーク……ブロストンはそんなことを言った。

「……なぜだ」

「せっかく、目立たない田舎町を選んだのにオレがここにいる理由か？」

なに、簡単なことだ……とブロストンは語り出す。

「お前たちが何を目的に失踪《しっそう》事件を起こしているのかは事件を起こした場所のデータを見れば想像がつく。襲《おそ》ったのはどこも田舎で、奪《うば》う金品が豊富にある場所でも重要人物がいる場所でもない……もっと言えば『グール』は素体の強さに影響《えいきょう》されるから、強力なグール兵が欲《ほ》しいのであれば例えば屈強《くっきょう》な男が多い港町や、騎士団の訓練場などを襲うほうがいい。だが一つだけ襲われた地域に共通するところがある」

「……」

「産業や地理的な重要度の割には『人口が多い』場所だ」

（……このオーク）

「お前たちの最終目的は未《いま》だに分からん……しかし『とにかくグールの数を増やしたい』ということなのだろう？　田舎しか狙わないのはレストロア領は国境沿いの場所で国としては重要度が高い。田舎で失踪事件がいくつか起きている程度ならいいが、都市部で大規模な被害《ひがい》が出るような大ごとになれば、『王国』側も本気で動いてくる。そういう厄介を避けたいわけだな」

ダグラスは顔を引きつらせる。

「そこまで分かれば、狙ってくる場所は絞《しぼ》られる。とはいえ、目の届かない範囲《はんい》にお前らが来たことを感知するための特別な魔《ま》法《ほう》を使う必要があったがな」

「魔法にはあんまり詳しかねえけど、そんな便利な魔法聞いたことねえぞ……」

「オレが独自で開発したのだからそうだろうな」

当然だ、といった感じでそんなことを言ってくる。

「……」

「まああとは我々三人の移動能力があれば、ほぼ全域をカバーできるということだ」

「……なるほどな」

ダグラスは目の前の灰色オークを改めて見て言う。

「完全に当たってるぜ。まだこの事件に関《かか》わってからそれ程時間が経《た》っていないはずなのに、その程度の情報でここまで予測してくるとはな……」

オークは本来、単純な本能で動くことしかできないはずなのに、一体どうなっているんだコイツの頭はと呆《あき》れるしかない。

「だが……一個だけ見落としてるぜオーク」

「ふむ？」

「それは、お前らが俺ら『十二使徒』に勝てる前提だぜ」

次の瞬間。

ダグラスは地面を蹴って加速。

瞬《まばた》きする間もなく、ブロストンの目の前まで走り込《こ》み蹴りを放った。

ブロストンはその蹴りを、素早《すばや》く横に移動して躱す。

空振《からぶ》りしたダグラスの蹴りは、延長線上にあった民家の壁に命中し。

バコオオオオオン!!

と、一撃でその壁に巨大《きょだい》なヒビを入れた。

「へっ、完全に不意をついたのに躱してくるとはな。聞いた通り只者《ただもの》じゃねえな」

「……ふむ。やはり『純血使徒』はSランク級。お前はその中でもレッドといった男より遥かに強いな？」

「その通りだ、下等生物」

そう。

レッドはそもそもが、なんの努力もせず不平不満ばかり言っているような身分だけは高い貴族のボンボンであった。

しかも『純血使徒』になって日が浅い。

よって『十二使徒』の中でも、飛びぬけて弱いのである。

「レッド程じゃねえが俺も吸血鬼になって日は浅いほうだ。だが、吸血鬼やグールは素体の強さに左右される。んで俺は元ヘラクトピアの『拳闘士』……あんな雑魚《ざこ》と一緒だと思われたら困るぜ？」

「ふむ」

ブロストンはそれを聞いてもやはり特に慌《あわ》てたような様子は見せない。

「そうか、あの熱き国の出身か。それは……残念だな」

「残念？」

「ああ、今のお前は少々残念な状態にあると言っていい。『拳闘士』だった頃《ころ》の自分に恥ずかしくないのか？」

その言葉に、ダグラスは一瞬で沸騰《ふっとう》するような怒《いか》りを覚えた。

つまり、この男はこう言いたいのだろう。

自分で鍛錬《たんれん》したわけでもない吸血鬼の力を誇って、恥《は》ずかしくないのか？

と。

「ウゼえんだよおおおおお‼」

ダグラスは魔力《まりょく》を体に循環《じゅんかん》させ、ただでさえ強靭な体にさらに身体強化を施《ほどこ》す。

そして地面を蹴《け》った。

今度は蹴った地面が軽く抉《えぐ》れるほどの強い踏《ふ》み込み。

そして、先ほどとは比べ物にならないほどの加速でブロストンに飛びかかり……。

「しゃあ‼」

ドン‼

と、そのどてっぱらに拳を叩《たた》きつける。

凄《すさ》まじい威力《いりょく》にブロストンの足元の地面が抉れ、背後にある建物のガラスが吹《ふ》き飛んだ。

「はははははは‼」

ダグラスは自らの放った一撃の威力に酔いしれる。

「どうだ‼　この威力‼」

ダグラスは棒立ちのブロストンに対して、次々に打撃《だげき》を放つ。

拳で蹴りで肘《ひじ》で膝《ひざ》で、一撃一撃《いちげきいちげき》が強烈な打突音と共に凄まじい衝撃を敵に叩きつける。

「丈夫《じょうぶ》な体‼　強い腕力《わんりょく》‼　強靭な足‼　人間だった頃では及《およ》びもつかねえ最高の強さだ‼　どこが残念なのか言ってみやがれ下等生物‼」

しかし。


「……泣いているぞ。貴様の研鑽《けんさん》の日々が」


ドン‼

と、ブロストンの強烈な右拳がダグラスの体の半分を吹き飛ばした。

「ごっ⁉」

『使徒』は日に三度殺さなければ復活する。

ダグラスの体は凄まじい速度で再生していくが。

「神性魔法『ターンアンデット』」

ブロストンの人差し指の先が光った。

「……なっ⁉　なぜだ‼」

ダグラスの体の再生が途中《とちゅう》で止まったのである。

バタリとその場に倒《たお》れるダグラス。

「アンデット系モンスターの回復を阻害《そがい》する魔法だ。まあ、普通《ふつう》は『使徒』レベルの再生力の前では気休め程度の効果しかないが、神性魔法は得意なのでな」

ブロストンは翅《はね》のとられた虫のように地面に横たわるダグラスを見下ろしながら言う。

「お前の間違いは単純なことだ。『純血使徒』になったことで手に入れた『強さに溺《おぼ》れ過ぎた』こと。そうなる前の『拳闘士』としてのお前は動きを見る限り、立ち回りとテクニックで上手《うま》く戦うファイターだったはずだ」

「……それが、どうした。俺はそんなダセえ戦い方が嫌《きら》いで」

「だが、その戦い方こそがお前が、苦悩《くのう》し葛藤《かっとう》し努力して身につけてきたモノのはずだ」

「……」

「自分にとって100％気にいるものではないかもしれん。本当はもっと別の思《おも》い描《えが》く理想があるのかもしれん……だが、お前自身が時間をかけて磨《みが》き上げてきたそれこそがお前にとっての唯一《ゆいいつ》の本物なのだ。『純血使徒』として力を得たからと言って、それを捨てて力を振り回すだけの存在であるお前は全く怖《こわ》くはないな」

「くっ……うるせえ……」

ブロストンの言葉にダグラスは反発したくなる。

しかし、自分の拳を見るとどうしても思い出してしまい否定できなかった。

『拳闘士』としての苦労と努力の日々。屈辱《くつじょく》にまみれながらも泥臭《どろくさ》く小さな勝利を積み重ねていった日々。

あの日々こそが、本当の自分なのだとしたら……。

「せっかく『純血使徒』の力を手に入れたのなら、見つけるべきであったな。手に入れた力をテクニックファイターとしての自分の戦い方と調和させる道を」

「……俺は」

「まあ、いい。お前たちの目的と根城の位置を教えてもらおうか」

しかし、次の瞬間《しゅんかん》。

ブワッ!!

と、ダグラスの体中の魔力と血が漏《も》れ出し始める。

「ぐっ……あっ……」

若々しく筋肉質だったダグラスの体が、みるみる老い干《ひ》涸《から》びていく。

「俺の……体が……せっかく、なりたかった強い体に……クソ……」

そうして十秒ほどでダグラスはミイラのようになってしまった。

ブロストンはダグラスの変わり果てた姿を見下ろしながら言う。

「『血の回収』か……」

力を与えられるが、主人がその気になればいつでもその力を命を徴収《ちょうしゅう》されてしまう。

残酷《ざんこく》な縛りだ。

だが同時に求めるものも多いだろうということは、想像に難《かた》くない。

「オレの予想では、この者一人が襲撃に来るとは思えん。他の者たちの方はどうなっただろうな」

□□

「あー、あれや。カワイイ子ちゃんいたぶる趣味《しゅみ》は無いんやけどなあ」

ミゼットは鉄の馬車に取り付けた一分間に二千発の連射が可能な銃《じゅう》から手をはなしながらそう言った。

「ご……あっ……」

銃口《じゅうこう》の先では、背後にある壁ごと穴だらけになった女性の『使徒』が、苦悶《くもん》の声を上げていた。

すでに二回殺され、再生速度が落ちているためまともに動くことができなかった。

「ば……化け物……め……」

「吸血鬼に言われてもなあ」

ニヤニヤしながらそんなことを言うミゼット。

「まあ、ええわ」

そう言って女の吸血鬼の方に歩みより、手をかざすミゼット。

「謳《うた》え自閉と祈《いの》りの協奏曲、上級神性魔法『アディズムサンクチュアリ』」

女の吸血鬼の体をドーム状の膜《まく》が包み込んだ。

「え……」

「魔力の干渉《かんしょう》を遮断《しゃだん》する魔法や。本来は魔力を感知されないで隠《かく》れるために使うんやけど、これで『血の回収』を免《まぬが》れられるやろ」

「その間に情報を聞き出そうということか……」

「ん？」

ミゼットは首を傾《かし》げた。

「ああ、せやったせやった。情報な。聞きださんと」

ポンと手を打つ。

「まさか失念してたのか？　ならばなぜ……」

女の吸血鬼の言葉にミゼットは。

「アンタがワイの好みやったから……じゃダメなんか？」

「え……」

「ボンキュッボンのスタイルいい子、めちゃ好きやねん」

そう言ってニカリと笑うミゼット。

言っていることは非常に下品だが、自然といやらしさはなく。無邪気《むじゃき》ないたずらっ子のような笑《え》みだった。

「……妙《みょう》なやつだ」

元々顔立ちのいいミゼットのそんな表情に、顔を赤らめる女の吸血鬼。

しかし。

それでも女の吸血鬼の体から魔力と血が溢《あふ》れだした。

「あ……あっ……」

『血の回収』である。

あっという間に、女の体は干《ひ》からびてしまった。

どうやら『血の回収』というのはよほど強力な拘束力《こうそくりょく》を発揮するらしい。

「ちっ……気に入らんなあ」

ミゼットはそう呟《つぶや》いた。

□□

一方ラインハルトは幸か不幸か、待機していた場所そのものに『十二使徒』がやってきた。

「ヒヒヒ……初めまして、ベルモンドと申します」

「ここをターゲットにするなんて、随分《ずいぶん》と豪胆《ごうたん》なやつだな」

「ヒヒヒヒ……ターゲットにできる地域の中ではここが一番人口が多いですからねえ」

現れたのは、ヒョロリとした体型の顔色の悪い白髪《しらが》の男だった。

なんといったらいいか、一般的《いっぱんてき》な吸血鬼のイメージに近い陽の光を浴びていなそうな男である。

ラインハルトの担当範囲はレストロア領都の都市部を中心とした地域だった。

といっても実際に敵が都市部に攻《せ》めて来ることを想定したのではなく、都市部からは遠くないが経済政治において重要度は高くないが、人口の多い地域というのは存在するのである。

よってラインハルトはレストロア邸《てい》のある隣《となり》の地域に待機していた。

当然だが、レストロア邸が近いため下手をすれば騎士団の本隊が防衛に駆《か》けつけることになるリスクがある。

「別に騎士団の連中と交戦しても私はさほど困りませんからねぇ」

そう言って不敵に笑うベルモンド。

大した自信である。確かに今のレストロア領にいる騎士団員の中には特等騎士のような桁違いの能力を誇《ほこ》る者はいない。

とはいえハロルドをはじめとして一等騎士たちは何人もいるのだ。

Sランクでも例えば前に倒したレッドくらいの実力であればそれなりに手こずるだろう。

「ヒヒ、吸血鬼の強さは吸血鬼として生きた年月に左右されます」

「まあそうだな。その方が血や体が吸血鬼として成熟するし単純に吸血鬼の体に慣れる」

「……ワタクシこれでも『十二使徒』では最古参でして」

そう言いながら、ベルモンドは自分の指を噛《か》んで血を流す。

そして少しだけ血の滴《したた》った人差し指を軽く振《ふ》る。

「『ブラットセイバー』」

ズバァ!!

と、ラインハルトの背後にあった大型の建物が真ん中のところで切断された。

ズシャア!!　と盛大に音を立てて崩《くず》れ落ちる建物の上半分。

「!?」

目を見開くラインハルト。

「そういうわけで……かれこれ千年ほど吸血鬼をやらせていただいております、ヒヒ」

「なるほどな……」

こいつは厄介だな。

とラインハルトは素直《すなお》に思った。

吸血鬼は不老でありほとんど不死の存在であるが、実際のところほとんどが五百年以上は生きられるものは少ない。

というのも二百年前までは吸血鬼同士の争いが激しかったし、吸血鬼によるグール化の被害を懸念《けねん》してヴァンパイアハンターと呼ばれる人々に狩《か》られることが多かったからである。

まあ、そうでなくとも五百年も生きていれば何かしら命の危機に晒《さら》されるものだ。

千年も生きているということは、それだけでそう言った危機を乗り越えてきた強者であるということである。

（……少なくとも、Ｓランク上位の力はあると見ていいだろうな）

とはいえ対面した感じでは自分の方が実力的に上のようだが……。

これくらいの差なら油断していると捲《まく》られてもおかしくはない。

そんなことを思っていた時。


「あーい」


と背後から声が聞こえた。

「え？」

振り返るとそこにいたのはあの赤い髪《かみ》の少女、アリスレートだった。

「い、いた。ダメだろ!!　勝手に出歩いたら」

そう言って後を追いかけてきたのはハロルドだった。

レストロア邸で遊んでいたはずだが、どうやらいつの間にか抜《ぬ》け出して来たらしい。

「おやおや、可愛《かわい》らしいお嬢《じょう》さんだ……安心してください。貴方《あなた》を倒した後まとめてワタクシのグールにして差し上げますよお!!」

そう言って自分の足元に魔力を放出し爆発的《ばくはってき》な加速をするベルモンド。

ラインハルトも構えをとる。

しかし。

その二人の間に、アリスレートが歩いてきた。

そして、ベルモンドの方に指を向けて。

「ばーん」

と一言。

次の瞬間。


「ぎゃああああああああああああああああああああああああああああああああああああああ!!」

アリスレートの指先から放たれた凄まじい衝撃波《しょうげきは》がベルモンドの体を吹っ飛ばした。

ベルモンドの体は木っ端微塵《こっぱみじん》に砕《くだ》け散りながら、背後にあった建物に原形を留《とど》めず激突《げきとつ》し、血のシミとなった。

「……すげえ」

ラインハルトの目から見ても、凄まじすぎる魔法の威力に思わずそんな頭の悪そうな感想が漏れる。

そしてアリスレートはラインハルトの方を見て。

ニコリ、と笑った。

「……もしかして、俺《おれ》のこと守ってくれたのか？」

言葉は理解できていないだろうが、なんとなくこちらの意図を察したようでこくりと頷くアリスレート。

「そうか……ありがとうな」

出会った時は魔法で殺されるかと思ったが、どうやら元々の性根《しょうね》が悪いわけではないようだ。

そして改めてアリスレートの笑顔《えがお》を見た時。

ラインハルトはそのことを思い出した。

『はは……すまん、話の途中だがこの時間に食べさせなくては、ぐずって泣いてしまうのでな』

「……お前は」

一方ベルモンドは流石《さすが》の回復力と言ったところか、血のシミ状態から体の原形を再生していく。

しかし、驚《おどろ》くことにその再生は完璧《かんぺき》ではなく、片方《かたほう》の腕《うで》はもげたままだったり、全身の筋や骨格が数《すう》か所《しょ》損傷していたりとかなりのダメージが残ったままであった。

「……ば、かな。一撃《いちげき》で……命が二つ削《けず》られた……？　そんなことは……あり得るわけ……」

そう、アリスレートの魔法は三つある『使徒』の命を、一発で残り一つにし、さらにはその残る一つの命すら大ダメージを与《あた》えたのである。

「つか一気に二つ削るとかできるんだな……」

かつて沢山《たくさん》の『使徒』と戦ったことのあるラインハルトはそう呟いた。

ヤマトも含《ふく》めて自分たちですら、一つ一つ命を削っていった苦労の経験がある。

やはり、この少女の魔《ま》法攻撃《ほうこうげき》能力は計り知れない。

「……さて。じゃあまあ、動けなくなったところで色々と聞きたいことがあるわけだが」

そう言ってベルモンドのほうを見るが。

「ひぁ……!!」

案の定『血の回収』が始まった。

ベルモンドの体から魔力と血液が漏れ出し、見る見るうちにその姿が干からびていく。

「……まあ、そうなるよな」

そして目の前に残ったのは、ミイラと化したベルモンドの死体だけだった。

□□

「……三人ともやられたな」

『十二使徒』たちの隠れ家《かくが》で、ウラドはそう言った。

その場にいた八人のメンバーは驚愕《きょうがく》の表情を浮《う》かべる。

「ば、バカな……レッドのやつとは違《ちが》い、今回はベルモンド卿《きょう》までいたんだぞ?」

「しかも三人とも別々の場所を同時に襲撃《しゅうげき》していた。となれば敵は少なくとも三人以上、Sランク最上位クラス以上の力を持っていることになる……」

動揺《どうよう》の隠せない『十二使徒』たち。

そんな彼らを見下ろしながら、ウラドは別のことを考えていた。

先ほどベルモンドの視覚を通して見た赤い髪の少女……。

「なぜ……アナタがそこに？」

そんなことを呟く。

とはいえ、期限は差し迫《せま》っていた。

ウラドはざわめく『十二使徒』たちに向かって言う。

「『星の夜』は迫っている。なんとしてもそれまでにグールを増やさなければならない」

それに対し、妖艶《ようえん》な見た目の女吸血鬼《ヴァンパイア》が言う。

「しかし、どうしますか我が主？　敵の戦力は想像以上です。もちろん我々全員で襲撃すればなんとかなるでしょうが……」

「いや……仮にそうだとしても、下手に王族どもに刺激《しげき》を与えかねんからな。いざ『星の夜』になった時に大量の人員が配備されては支障が出る」

ウラドはそう言って、自らの手の中を見る。

銀色の十字架であった。

決して錆《さ》びない特殊《とくしゅ》鉱物アダマンダイトでできた小さなそれをウラドは握《にぎ》る。

そして。

「必要人数まではあと少しだ……ワタシが行こう」

そう言ったのだった。

□□

その夜もラインハルトは担当地域の防衛にあたっていた。

先日の『使徒』三名による襲撃から一晩たった。特等騎士《きし》を含めた大部隊が到着《とうちゃく》するまで、あと二日である。

「夜にしか襲撃できないところだけは敵が吸血鬼でよかったな。二十四時間態勢で待つのとでは疲労度《ひろうど》がだいぶ違う」

「ああ。本隊合流までなんとかなりそうだ」

一緒《いっしょ》にいるのはハロルドだった。

本来は騎士団《きしだん》の戦力は『オリハルコンフィスト』でカバーしきれない地域に配備してもらっているのだが。

「あーい」

「ああ、こらこら。ダメだぞアリスレートちゃん。その辺に落ちているものを口に入れたら」

なぜかこの前の襲撃以降、ラインハルトと一緒に行動をするようになったアリスレートのお守りとして一緒に来ていた。

気分で強烈《きょうれつ》な攻撃魔法《こうげきまほう》を放ってくる少女だ。

下手に平隊員に任せては死傷者が出かねない。一等騎士のハロルドだからなんとかこなせているお守りというわけだ。

「まあ、アリスレートはめちゃくちゃつええから、いてくれるならありがたいことこの上ない戦力だけどよ」

「そういえばラインハルト。この前、アリスレートについて何か思い出したようなことを言っていたな」

「ああ、あれな」

ハロルドの言葉にラインハルトは少し自信の無い口調で言う。

「二百年前なんだけどよ……『真祖』ウラドの奴《やつ》が連れてた赤《あか》ん坊《ぼう》がアリスレートそっくりだったんだわ」

「……なに？」

「そんな不審《ふしん》そうな顔するなよ。俺だってさすがに自分の記憶《きおく》を疑ってはいるさ」

何せ二百年前の話である。当時は三歳《さい》くらいの見た目だったが、吸血鬼とはいえ大人の見た目になっていなければおかしい。

「ただ、ホントに似てるんだよな。二百年前の記憶でも間違《まちが》いなくあの子だって分かるくらいには」

そんなことをラインハルトとハロルドが話しながら、夜空を飛んでいた虫を興味深そうに追いかけるアリスレートを見ていた時だった。


当然、フラッと。


アリスレートの体が地面に倒れたのだった。

「ど、どうしたアリスレートちゃん⁉」

そう言ってすぐに駆け寄るハロルド。

行方不明《ゆくえふめい》になっている妻との間に子供がいるかは聞いていなかったが、意外と子煩悩《こぼんのう》なタイプなのかもしれない。

ラインハルトも駆け寄ってアリスレートの体に触《ふ》れる。

「……特に外傷は無いな。一見すると眠《ねむ》っているだけのように見えるが」

どこぞの大馬鹿《おおばか》英雄《えいゆう》がとんでもない怪我《けが》ばかりするので、回復魔法と医療《いりょう》の知識も身についてしまっていたラインハルトはそう診断《しんだん》する。

（ただ……なんだこれは。魔力経絡《まりょくけいらく》の流れが弱まっている？　だが妙だな。流れの強さだけは弱まっているが、体に流れる魔力の量自体は上がっているように感じるぞ？）

そんなことを考えた時だった。


「時が来たのだ。終わりの夜が」


「⁉」

いつの間にか背後から人の声がした。

（……マジかよ、背後を取られた⁉）

ラインハルトはブロストンやミゼットのようなイカれた化け物には劣《おと》るとはいえ、一般的に見れば超人《ちょうじん》中の超人の類《たぐ》いである。

その自分がこんなに接近されるまで気づかないなんて……。

ラインハルトとハロルドが急いで後ろを振り返る。

しかし、そこには吸血鬼の高速移動術の跡である血の霧《きり》が僅《わず》かに残っているだけだった。

「久しいな……少年。随分と老《ふ》けたがその善良な瞳《ひとみ》は昔と変わらない」

そして今度は前方から、先ほどの声が聞こえてきた。

改めてその声を聞いて、ラインハルトは思い出す。

この厳《おごそ》かな声は知っている。

「お前の方は……随分と人相が悪くなったように見えるぜ。『真祖』ウラド」

そこにいたのは見覚えのある男。

豪奢《ごうしゃ》でありながら洗練された黒い鎧《よろい》を身にまとい、腰《こし》に大ぶりの剣《けん》を下げたその姿は二百年前と同じだったが、その表情は前と比べてどこか暗い影《かげ》を落としたように感じる。

「そうか……そう感じるか。まあ仕方ないことだろう。悠久《ゆうきゅう》とも言える時を生きてきたワタシだが二百年という時間は短くない。変わっていくはずなのだ……何もかも」

全《すべ》ての吸血鬼の始祖ウラド・ノスフェラトゥ。

『超越者《イクシード》』の怪物《かいぶつ》は独り言のようにそう言った。

□□

「……なあ、ハロルド」

ラインハルトは意識をウラドの一挙手一投足に集中させつつ、隣にいるハロルドに言う。

「俺がやつを引きつけるから、隙《すき》を突いて近場にいるミゼットのやつを呼んで来てくれ。住民たちを逃《のが》しつつな」

「俺にもぱっと見で強者なのは分かったが、それほどか？」

頷《うなず》くラインハルト。

「ああ、二百年前には『超越者』のリストに名前が入ってやがったからな」

「……っ!!　分かった」

一等騎士のハロルドは『グランドリスト』のことを知っている。

事態の深刻さを理解し、眠っているアリスレートを抱《かか》えると逃走《とうそう》のために足に魔力を集中させた。

ウラドが腰に下げた剣を引き抜く。

一方、ラインハルトも。

「強化魔法『甲手鋼拳《こうしゅこうけん》』」

自らの手を鋼鉄並みの強度にする魔法をかける。これで剣と真っ向から撃《う》ち合うことが可能になる。

そして……。

ウラドの体が血霧となって高速で移動する。

一方ラインハルトも。

「『瞬脚《しゅんきゃく》・厘《りん》』」

高速移動の基本魔法《まほう》である『瞬脚』の上位技で迎《むか》え撃つ。

ドン!!

と、ラインハルトの拳とウラドの剣が激突した。

凄まじい衝撃波《しょうげきは》が周囲に撒《ま》き散らされる。

撃ち合いの威力は対等……。

……ではない。

「……ちっ」

バチンとラインハルトの拳が弾《はじ》き飛ばされた。

「クソ、全く衰《おとろ》えてくれてねえじゃねえか吸血鬼の王め」

「そう言うお前は、あの頃からほとんど力を伸《の》ばしていないいな少年」

ウラドの体が再び血の霧となり高速で移動する。

今度はラインハルトの背後に回り込《こ》んできた。

「おら!!」

素早《すばや》く反応し、回し蹴《げ》りを放つラインハルト。

見事に命中。

しかし攻撃《こうげき》を受けた瞬間、ウラドは再び血の霧となった。

「ダミーか!?」

「こっちだ」

横から現れたウラドの蹴りがラインハルトに直撃《ちょくげき》。

「ぐお!!」

体がくの字に折れ曲がり、吹っ飛ぶラインハルト。

「クソ……がっ!!」

すぐさま立ち上がるラインハルトだが。

そこにまたいつの間にか、目の前まで移動してきたウラドの剣が迫っていた。

ラインハルトは全力で横に飛び、なんとかその一撃を回避《かいひ》する。

ズバア!!

とウラドの剣が命中した地面が、数十メートルにも渡《わた》って切り裂《さ》かれた。

凄まじい威力である。

（だが……一番問題なのはスピードの方だな）

元々かなりの身体能力があり移動速度があるのだが、そこに加えて吸血鬼特有の体を一《いっ》瞬《しゅん》血の霧に変えての高速移動術を使ってくる。

しかも、その精度はこれまで戦ったレッドやベルモンドとは比べものにならない。発動までのタイムラグもほとんどない上に連発してくるのだ。

単純な馬力では多少上回られている程度だが、スピードに関しては完全に負けている。

ラインハルトは眠っているアリスレートを抱えたハロルドの方を見る。

今の最優先事項《じこう》はハロルドを逃《に》がす事である。

となると、スピードで負けている現状は非常に良くない。

「……仕方ねえか」

ラインハルトは一度息をゆっくりと吸《す》い込むと。

「『固有スキル』発動。『利益と対価《ドロップアンドウイップ》』スピードアップ!!」

次の瞬間。

ラインハルトの体が先ほどまでとは比べものにならない速度で加速した。

「!?」

ウラドも一瞬驚《いっしゅんおどろ》いたそぶりを見せるが、すぐさま体を血の霧にしての高速移動を行い突《とっ》進《しん》してきたラインハルトから距離《きょり》をとる。

だが。

「今ならついていけるぜ」

ラインハルトは素早く方向転換《てんかん》し、ウラドの高速移動を上回る速度でその動きに追いついた。

「強化魔法『剛拳《ごうけん》』!!」

ラインハルトの強化された拳の一撃が、ウラドに命中する。

僅かによろめくウラド。

「今だ!! ハロルド!!」

「……っ!! 『瞬脚』」

ハロルドはアリスレートを抱えて駆け出した。

しかし……。

「相変わらず、使い勝手の悪い『固有スキル』だな少年」

ウラドは一瞬で姿勢を立て直し。

「むん!!」

ラインハルトに向かって、剣を持っていない方の手で拳を放った。

「ぐおっ!!」

その一撃にラインハルトは「軽々と」吹《ふ》っ飛ばされる。

「厄介《やっかい》な奴らを呼ばれるのは歓迎《かんげい》しないな」

ウラドの体が血の霧となる。

そして、一瞬にしてハロルドに追いついてしまった。

「は、速い!!」

「わざわざ、弱いところを狙《ねら》った意味がない」

「くっ」

ハロルドは空いている右手で素早く抜刀《ばっとう》し、ウラドに切り掛《か》かる。

それ自体は流石は一等騎士という他にない見事な技術だった。

しかし、相手が悪い。ウラドが迎撃《げいげき》で放った剣の一撃で、ハロルドは剣ごと深々と切り裂かれた。

「ぐ……お……」

バタリとその場に倒《たお》れるハロルド。

その手の中から落ちそうだったアリスレートを、ウラドは優《やさ》しく抱《だ》き止《と》めた。

（クソ……!!）

ラインハルトは再び地面を蹴《け》って加速。

素晴《すば》らしい速度でウラドに接近し蹴りを放つが。

「その『固有スキル』は本来サポート向きのものだ」

ラインハルトの蹴りは、またしても「軽々と」片手で止められてしまった。

「自分に使ったところで、大した優位性は無いぞ」

「ちっ……んなこた俺が一番いやっつーほど分かってるよ」

本来ならいくら『超越者』であるウラドの方が格上といっても、ラインハルトの強化魔法で威力《いりょく》を上げた拳がまともに入ったらあんなにすぐに体勢を立て直せるわけがない。

それだけでなく、本来のラインハルトならウラドの一撃であれほど軽々と吹っ飛ぶことはない。

ではなぜそうなっているのかといえば、これも『固有スキル』の影響《えいきょう》である。

ラインハルトの『固有スキル』は『利益と対価《ドロップアンドウイップ》』。

『利益』は自分・または他人の何か一つの能力を伸ばす。

『対価』はその時、自分の意識の中で一番重要だと思っている能力が『利益』で上がった分下がる。自分に『利益』をもたらした場合は、その次に重要だと思っている能力が下がる。

そして一度発動すると解除出来るようになるまで八分かかる。

今回で言えば、ラインハルトは『利益』によって自らのスピードを上げたのである。

代わりにこの局面で次に大事だと認識《にんしき》している能力、パワーが下がった。

当然である。

敵のスピードに追いつけたところで、攻撃を叩《たた》き込んで怯《ひる》ませるなり力で取り押《お》さえるなりできなければ意味がないのだ。

そんなわけであちらを立てればこちらが立たぬと、この能力は自分に使用する場合は非常に使い勝手が悪い。

「ふん‼」

「うお‼」

馬力が大幅《おおはば》に下がっているラインハルトは、ウラドが右手を払《はら》うと軽々と投げ飛ばされてしまう。

「さて、あまりモタモタしていると援軍《えんぐん》が来るかもしれないからな」

ウラドは血霧の高速移動で、一度背後にあった屋根の上に移動するとそこにアリスレートを置いた。

そして、ラインハルトの方を見下ろして言う。

「さっさと、用事を済ませるとしよう」

「……っ!!」

先ほどまでとは比べものにならないほどの殺気がウラドの全身から放たれる。

(来る!!)

ウラドはラインハルトの方に指先を向ける。

「第七界綴魔法《かいていまほう》……『ダイヤモンドミサイル』」

そう唱えた瞬間《しゅんかん》、ラインハルトの周囲の地面から鋭《するど》く尖《とが》ったダイアモンドの槍《やり》が飛び出してきた。

その数、七十以上。

「無詠唱《むえいしょう》発動でその量出せんのかよ!!」

ウラドが指先をクイッと動かすと、ダイアモンドの槍は一斉《いっせい》にラインハルトに襲《おそ》いかかる。

「くっ!!」

ラインハルトは『利益』によって強化されたスピードでなんとか回避する。

いや、本来なら移動による回避と攻撃による迎撃を行うのが最も効率の良い避《さ》け方《かた》なのだが、パワーの下がってしまっている今のラインハルトにはその選択肢《せんたくし》が取れないのである。

よって。

（……一発くらっちまったな）

全ての槍が打ち終わった時に、ラインハルトの右腕《みぎうで》の皮膚《ひふ》が裂けて出血していた。

「やはり不便な能力だな」

「!?」

いつの間にかウラドが背後に回り込んで来ていた。

容赦《ようしゃ》なく放たれる斬撃。

しかしラインハルトは一瞬で逆にウラドの背後に回り込む。

パワーが下がった分、スピードであれば自分の方が上だ。

だが。

「『ブラッドローズウィップ』」

突如《とつじょ》ウラドの背中から血を固めて作ったイバラが飛び出してきた。

「ぐっ!!」

不意を突《つ》かれてかわし損《そこ》ねるラインハルト。

イバラの拘束はかなり強力で、今のラインハルトの腕力《わんりょく》で引き剥《は》がすのは不可能だった。

（……なら魔法で）

「遅《おそ》い」

ウラドは自らの親指で剣の刃を撫《な》で、自らの血を剣に付着させる。

すると剣は禍々《まがまが》しく強力な魔力《まりょく》を帯びた。

（まずい……あれは、アイツの必殺技《ひっさつわざ》……）

「『利益《ドロップ》』!!　防御力《ぼうぎょりょく》!!」


「『ブラッティクロス』」


ズバッと。

まるで同時に放たれたかのような縦横の斬撃が炸裂《さくれつ》した。

ラインハルトの体は凄《すさ》まじい勢いで吹き飛ばされながら深々と十字に切り裂かれる。

ドゴンオオオオン!!

と後方にあった建物に激突し、建物が崩れ落ちる。

「ごっ……あっ……!!」

全身の力が抜ける。

(『固有スキル』で防御力上げたってのに……自分で喰《く》らったのは初めてだがなんつー威力だよ……まずい、ダメージを受けすぎた)

ラインハルトは回復魔法の心得もあるが、回復魔法というのは原理は不明だが術者が大きなダメージを負っている場合には回復力が極端《きょくたん》に下がるのである。

ここまで一気に大ダメージを受けてしまうと、自分で回復できなくなってしまう。

(クソ……体動かねえ。分かっちゃいたが、やっぱりつええなこいつ)

そして、状況《じょうきょう》はさらに悪化する。


「……なんだ？　何があったんだ？」

ラインハルトたちの戦いの音を聞きつけて、周囲の住人たちが見にきてしまったのである。

「だ、ダメだ!!　お前ら逃げ……!!」

「さて、用事を済ませるとしよう」

ウラドは血の霧となって一瞬で野次馬《やじうま》の一人の背後に回る。

「え？」

そしてガブリ、とその首筋に噛み付く。

「……お、おお……」

血を吸われ、代わりに吸血鬼の血液毒を注入された男は。

「お……」

やがてその目から正気を失い。

「……あ、ゲアアアアアアア!!」

グールとなって周囲の人々を襲い出した。

「く……や、めろ……」

パニックになる人々を次々と吸血し、グールを増やしていくウラド。

「……ここまで増やせば、あとはグールが勝手に必要な人数まで増やしてくれるだろう」

グールに襲われた人々の断末魔《だんまつま》の悲鳴があちこちからこだまする。

そして、グールに殺されたものはグールに。

次々に広がっていく死と服従の連鎖《れんさ》。

ウラドは再び高速移動でアリスレートが眠っている屋根の上に戻《もど》った。

そして、目を閉じて可愛らしい寝息《ねいき》を立てているアリスレートを見て言う。

「……変わりませんね。アナタは」

「っ……」

一瞬見せたその表情は、ラインハルトの知っているウラドの表情だった。

「やっぱり……アリスレートは二百年前のあの子、アンタの娘《むすめ》だったか」

「覚えていたのか……」

すぐにウラドは今のウラドの表情に戻ってしまう。

暗い影を落とした、冷たい印象を受ける表情に。

「……なんでだよ」

ラインハルトは建物の瓦礫《がれき》の下敷《したじ》きになりながら、ウラドに問う。

「なんでアンタがこんなことやってるんだよ……娘と民を愛し、平和のために吸血鬼も人も傷つかないために戦ったアンタが……!!」

二百年前、自らが『血の縛《しば》り』から解き放ってしまった凶悪《きょうあく》な三体の『純血使徒』。彼《かれ》らとの激しい戦いの間でもまだ小さかった娘を愛し、空いた時間を見つけては子供と過ごす時間を大切にしていた。

「俺は……アンタを人として尊敬してたんだぜ、これでもよ……」

飛び抜けた力を持つものは、人格に問題のあるやつが多い。

『伝説の五人』のラインハルト以外の四人も、近しく付き合って見れば問題児と言ってもいい連中だった。

そんな中でウラドは、『超越者』としての強さもありながら人格的にも非の打ち所がなかったのだ。

まだ若く、色々と雑念の多かったラインハルトにとってその姿は、凄《すご》く大人に見えた。

「その子に……アンタの娘に、今の自分を見せられんのかよ」

ラインハルトの言葉に。

「……」

ウラドは少しの間、黙《だま》ってこちらを見下ろすだけだった。

「一つ、お前たちに嘘《うそ》を言っていたので訂正《ていせい》しよう」

そしてアリスレートの方を見て言う。

「彼女《かのじょ》は娘ではなく……私の母だ」

「……なに？」

ラインハルトは一瞬ウラドが何を言っているのか理解できなかった。

「彼女は単なる強力な魔法が使用できる少女ではない。『惑星真祖《わくせい》』……真に全ての吸血鬼の元になった存在であり、この星そのものが生み出した唯一《ゆいいつ》にして初めての知的生命体だ」

□□

ラインハルトは突然《とつぜん》告げられたアリスレートの真実をすぐに信じることができなかった。

「ワタシは単にこの方の生み出した分身……劣化《れっか》コピーに過ぎない」

ウラドは次々にグールに変わっていく人々の絶叫《ぜっきょう》の中で、そんなことを言う。

（……『惑星真祖』？　『真祖』ウラドがアリスレートの作った劣化コピー？　星が生み出した世界で初めて生まれた知的生命体？）

いきなり壮大《そうだい》な話になり過ぎである。

だが、同時にそれだと説明がつく部分もあった。

アリスレートの魔法である。

底すら見えない凄まじい魔力と、完全無詠唱で魔力を練っていることすら感じさせないほどの魔力操作能力。

魔力量の方は『真祖』ウラドが自らを劣化コピーと言うほどの存在で何より自分たちの住んでいるこの星が直接産み落としたと言うなら、地球に流れる膨大《ぼうだい》な魔力と何かしらリンクしており恩恵《おんけい》を受けていてもおかしくない。

そして魔力の起こりすら感知できないほどの完全無詠唱については、魔力操作の『経年習熟』で説明ができてしまう。

『経年習熟』とは簡単な話、魔法は使った期間が長ければ長いほど操作能力が上がっていくということだ。当たり前の話ではあるが、身体操作能力や体力などに比べ能力の伸びが緩《ゆる》やかだが停滞《ていたい》が少ないというのが魔法操作能力の特徴《とくちょう》である。

エルフ族が魔法が得意であるというのは、生まれながらの魔力量だけでなく単純に長く生きる分、魔法の使用歴が長くなるからという面がある。

それを考えれば、アリスレートが本当に『惑星真祖』であるならば、完全無詠唱で超《ちょう》強力《きょうりょく》な魔法を使えたところでなんらおかしくはない。

なにせ、世界で初めて生まれた知的生命体という話なのだ。それが一体いつ生まれたのかは知らないが、少なくとも魔法使用歴一億年は超《こ》える超超超超大《ちょうちょうちょうちょうだい》ベテランということになるのだから。

「……少し、話しすぎたか。古い友人に会うとつい話《はな》し込みたくなってしまうな」

ウラドは首を横に振《ふ》った。

「……っ」

「グールはこれだけ生成できれば十分。お前の仲間が来る前に去るとしよう」

そんなことを言った時。


「おおおおおおおお!!」


ズバッ!!

と、グールを切る音と共に男の咆哮《ほうこう》が聞こえた。

声の主は、先ほどウラドに斬《き》られ倒れていたはずのハロルド。

今も見ていて恐《おそ》ろしくなるくらいの出血をしているが、立ち上がってグールたちに猛然《もうぜん》と剣を振るっている。

「アイツ……」

「……ふむ」

ウラドは血霧の高速移動で再びハロルドの前にやってくる。

「せっかく増やしたのだから、やめてもらいたいものだな」

「おらあ!!」

ハロルドは目の前に現れたウラドに、躊躇《ちゅうちょ》なく切りかかる。

が、当然のようにウラドの剣で受け止められてしまう。

「ワタシに勝てないのは分かっているだろう」

「知らん!! 俺《おれ》は騎士団員だ。この国の人々の平和を守るのが仕事であり、貴様は著《いちじる》しくそれを脅《おびや》かす存在だと確信した。現行犯逮捕《たいほ》だ馬鹿者《ばかもの》が」

ギリギリと力をこめるハロルド。

「馬鹿《ばか》なのはお前の方だと思うがな」

しかし、力の差は歴然。ハロルドの剣はビクともしない。

「第一、俺は貴様のような平気で人の命を奪《うば》うような輩《やから》が心底許せんのだ。人の命には一人一人かけがいのない想《おも》いがある。その人を愛する人がいる、叶《かな》えたい夢がある、失いたくない平穏《へいおん》な日々がある……貴様が『数』としてしか見ていない一人一人にだ!! それが分からんのか!! 貴様にはそういう相手がいないのか!!」

「……」

ウラドはそれに答えなかった。

代わりにハロルドの腹に前蹴りを放つ。

「ごっ⁉」

体がくの字に折れ曲がり、何十メートルも地面を転がる。

「ハロルド‼」

ラインハルトが叫《さけ》ぶ。

元々気を失ってなければおかしいくらいの出血をしているのだ。その上、あそこまで吹っ飛ぶようなダメージを受けるのはかなりマズイ。

……しかし。

「……貴様を捕《とら》え、解決するのだ。この事件を」

ハロルドは立ち上がり剣を構える。

「そして……妻を、見つけ出して……また一緒にひまわり畑を……」

「……ハロルド」

しかし、敵は容赦する気は全くないようだった。

「……そうかお前も、失ったのか」

ウラドはそんなことを呟《つぶや》きながら剣を振り上げる。

（マズイ‼）

ラインハルトは強引《ごういん》に回復魔法を傷ついた体に叩き込む。

当然大ダメージを受けている状態なので、気休め程度にしかならないがそれでも体は動かせるようになった。

「『瞬脚・厘』!!」

渾身《こんしん》の瞬脚でハロルドに飛びつき、振り下ろされたウラドの剣から逃れさせた。

ドン!!

と地面に激突《げきとつ》した剣が盛大に砂埃《すなぼこり》を巻き上げる。

くらっていれば間違いなく即死《そくし》だったことだろう。

「もう一度……『瞬脚・厘』!!」

ラインハルトは再び高速で移動する、移動先は眠りにつくアリスレートの元。

二人を抱えると靴底《くつぞこ》で地面をドンと踏《ふ》む。

「召喚《サモン》!! 『フライリーシェル』」

ラインハルトが召喚魔法《しょうかんまほう》で呼び出したのは大きな亀《かめ》であった。

亀は素早く手足を甲羅《こうら》の中に引っ込めて、ラインハルトもその中に入った。

「スピンシェルター!!」

中からラインハルトがそう言うと、亀はその場で高速で回転を始めた。

「……よし、まあこれでなんとか……なるだろ……」

ラインハルトは亀の中にある小さな異空間でハロルドをおろすと、そのまま限界が来て倒れ意識を失った。

一方。

ウラドは回転する大亀を見て言う。

「……なるほど。防御《ぼうぎょ》用魔力を放出しながらの高速回転か。破れなくはないが少々時間がかかる」

ウラドは夜空を見上げた。

「まあいい、じきに日が登る。『使徒』や『真祖』はよほど弱っていなければ陽の光で消《しょう》滅《めっ》することはないが、グールはそうはいかないからな」

そしてついさっきグール化した住人たちと共に、その場から去って行ったのだった。

■■

ラインハルトは夢を見ていた。

今でも忘れられない戦友であり親友のヤマトの夢であった。

『……お前が俺より強いからなんだというんだ？』

巨大《きょだい》な敵に剣を向けて威風堂々《いふうどうどう》と立ちながらヤマトは言う。

『俺にとって大事なことはそこじゃない。お前が間違《まちが》っていることと、それにより誰《だれ》かが苦しんでいるということ……お前が許されざる悪だということだ。だから俺はお前を倒す』

そんなことを言ってヤマトはいつも、自分よりも実力で上回る敵に躊躇なく切りかかっていった。

闘気と正義と信念を滾《たぎ》らせ、いくら貴様らが強かろうが間違っているものは間違っているのだと。

ラインハルトはその場にいたが、基本的に能力が後方支援《しえん》向きということもあり、いつもそんな戦友の戦いを後方から見るのだった。

（……なあ、ヤマト）

ラインハルトはそんなヤマトの懐《なつ》かしい姿を見ながら思う。

（やっぱりとんでもねえ話だぜ……自分よりつええやつと戦うってのはよ）

物語の世界ではよくある話だが、普通《ふつう》に考えれば命懸《いのちが》けで戦うべき相手は自分よりも弱い相手であり、相手が自分より強ければ強くなってから満を持して挑《いど》むべきなのだ。

でも。

そんなことは知ったことかと、勇ましく挑んでいくそして最終的には難敵を倒してしまう戦友の姿はいつも眩《まぶ》しくて……。

（……俺は守れなかったよ。目の前でたくさん犠牲者《ぎせいしゃ》出しちまった）

なあヤマト。

あんまり眩しい姿見せねえでくれよ。

お前みたいにできない自分が情けなくなるだろ。

■■

「……」

ラインハルトが目を覚ましたのは木の長椅子《ながいす》の上だった。

「悪い夢でも見ていたか？」

そう言って顔を覗《のぞ》き込んで来たのはブロストンであった。

首を横に振るラインハルト。

「いや、いい夢だったよ。懐かしい、すげーかっこよくて爽快《そうかい》なワンシーンだった。だけどまあ、凄すぎてちょっと気が滅入《めい》る類のもんだったな」

ラインハルトは体を起こしながら言う。

「……ここは、レストロア領内の大陸正教会の教会か？」

「ああ、ジェームズ氏が紹介《しょうかい》してくれた。今は貸切だ」

差し込んでくる日の光を見る限り、もうすぐ日が傾《かたむ》き始める頃《ころ》だろう。

「……俺はどれくらい眠《ねむ》ってた？」

「一晩やな。昨晩は襲撃《しゅうげき》とかなかったで」

そう答えたのはミゼットであった。

柱に寄りかかりながらいつものように、意地の悪そうなニヤケ面をしている。

そこで、ハッとなって言う。

「そうだ!!　アリスレートとハロルドは!?」

「安心しろ、二人とも無事だ。ハロルドの方はダメージが大きかったからまだレストロア邸《てい》の方で眠っている。肉体は治療《ちりょう》できても経絡《けいらく》のダメージは完治させるのに自然治癒《ちゆ》がいる。よほど魔力が先天的に少ないなら別だがな。一等騎士《きし》になるだけあって人並み以上の魔力がある分、回復にも多少時間はかかる」

「まあ、俺も結構ダメージ残ってるしな」

ラインハルトの方がダメージは少なかったとはいえ、全快というわけにはいかない状態である。

「そしてアリスレートはそこだ」

ブロストンが指さしたのは、教会の祭壇《さいだん》である。

そこにアリスレートが横になって眠っていた。

「……生贄《いけにえ》にでもされるみたいだな」

「まあ、確かに生贄の儀《ぎ》をするときと同じ目的ではあるな」

「どういうことだ?」

ラインハルトの問いに、ブロストンが答える。

「まず、状況を整理しよう。現在、我々は今晩を越えて明日の騎士団《きしだん》の大軍勢と特等騎士の到着《とうちゃく》まで、レストロア領の人々を守り切らねばならない」

「せやけど、現状だと情報不足や。ハロルドのやつからウラドが『これで数が揃《そろ》った』ってことを言ってたというのは聞いた。だからもしかしたらもう襲撃《しゅうげき》はあらんのかもしれへんけどな」

ミゼットはそんな楽観的なことを言うが、本人もその考えに安心していいとは全く思っていないだろう。

なんなら「グールの数を集める」という段階が終わり、次のもっと厄介なことを仕掛《しか》けてくるかもしれない。

「なんにせよ、必要なのは奴《やつ》らの情報ってことか……」

ラインハルトがそう呟く。

「そこで、アリスレートだ」

ブロストンは祭壇の上で眠る少女の方を見て言う。

「彼女は昔今回の首謀者《しゅぼうしゃ》であるウラドと近しい関係にあったらしいな。なぜ、そんな長い年月を生きている彼女がこの状態なのか、そしてなぜ急に二日目の夜から眠り始めたのか、こちらもわからないことは多いが、少なくともその記憶《きおく》にはウラドとの記憶が眠っていることだろう」

そう言われて、ラインハルトはピンときた。

「ああ、つまり『メモリーアーチ』か」

頷《うなず》くブロストン。

中級神性魔法《まほう》『メモリーアーチ』は、相手の記憶を共有する魔法である。

これだけ聞けば凄まじく便利な魔法に感じられるが、まず前提として記憶を受け渡す側が、記憶を見せることに抵抗《ていこう》を感じていない状態でなければならない。

例えば拷問《ごうもん》などで、無理やり同意を引き出しても相手が心から「見せてもいい」と思えなければ効果がないのである。

そのため主な用途《ようと》としては、戦場での味方同士の情報伝達などに使われる。

「だが、様子を見る限りこの少女は、ウラドといた時の記憶を忘れているようだ」

「そうだな。『惑星真祖』とか「自分の母親だ」とか信じらんねえ事言ってたしな」

アリスレートをレストロア領に連れてきてすぐに、実際に言葉が通じないまでもウラドについて何か知っていることはないかと色々と試《ため》したのだが、全く覚えていないようだった。

「まあ、つまり忘れてしまっている記憶を掘《ほ》り起こすくらい、強力な『メモリーアーチ』が必要なわけやな」

ミゼットがそんなことを言うが、仮にこの場に魔術《まじゅつ》の専門家がいたら声を荒《あら》らげて「そんなことは不可能だ!!」と叫んだことだろう。

そもそも『メモリーアーチ』は鮮明《せんめい》に残っている記憶ほど共有しやすい。記憶を渡《わた》す側の本人が覚えてもいない記憶を引き出すなど並大抵《なみたいてい》のことではない。

しかも、現在アリスレートは眠っている。

起きていても本人は記憶を覗かれる事を拒絶《きょぜつ》はしないだろうが、意識があって本人が記憶を共有しようという意思があるのとないのとでは全く難易度が違《ちが》う。

以上の点を加味して常識的に考えれば、アリスレートからの記憶の引き出しは不可能である。

言って仕舞《しま》えば、回復魔法で死者を蘇《よみがえ》らせるような……それほどの無茶苦茶《むちゃくちゃ》だ。

（まあ、死者を蘇らせられる化け物がここにいるわけだが……）

ラインハルトはブロストンを見る。

司祭型冒険者《ぼうけんしゃ》のブロストンの本領発揮というわけだ。

「まあ、さすがのブロストンでも単独じゃキツイけどな」

ミゼットが言う。

「だから教会《ここ》や。大陸正教会の教会は神性魔法を補助・強化する術式を建物全体に施《ほどこ》してるからな。ここでワイとラインハルトも協力して神性魔法を使えば、記憶を引き出すことができるかもしれん」

「……なるほどな」

頷くラインハルト。

「では、さっそく始めるとしよう」

そう言ってアリスレートに手をかざすブロストン。

ミゼットもラインハルトも続けてアリスレートに手をかざす。

「聖なる泉の優しき光よ、諸人繋《つな》ぐ架《か》け橋《はし》に……『メモリーアーチ』」

ブロストンの低音の声が、静かな教会に響《ひび》き渡る。

そしてブロストンの手から精密に練られた魔力が放出される。

ラインハルト達はその魔力を強化するように、自分の魔力を込《こ》めていく。

（……相変わらず、なんつー精度の高い神性魔法だよ）

ラインハルトはブロストンの魔力を肌《はだ》で感じ取りながらそんな事を思う。

『伝説の五人』で最も神性魔法に秀《ひい》でていた、シスターフルートでもここまでの技術を持っていたかどうか……。

ブロストンによってアリスレートに送《おく》り込まれた魔力は、やがてブロストンの方に戻ってくる。

しかし、浮《う》かんでくるイメージはついこの前の『吸血鬼《きゅうけつき》の谷』で、ラインハルトたちと出会った時のものだった。

「……まだだな。もっと深いところに」

ブロストンがさらに魔力を込める。

ラインハルトは必死でブロストンの魔法についていく。

ちなみにミゼットは「補助するだけだし、大した事じゃないわ」と言わんばかりにあくびをしながら平然とついてきていた。

この男も魔法操作に関しては超化け物《ちょうばもの》なのである。そもそも魔法国家『エルフォニア』の最良血血統ハイエルフ家において、歴代最高と言われるほどの魔法の天才なのだ。

（……ちっ、天才はムカつくぜ）

内心で毒づくラインハルト。

そんな事を考えている間に、アリスレートに魔力が溜《た》まっていく。

「む？　なんだこれは？」

「どうした、ブロストン？」

ラインハルトの問いにブロストンが答える。

「古い記憶が見つかった」

「まあ、二百年前にはウラドに赤《あか》ん坊《ぼう》として面倒《めんどう》見られてたんだから、古い記憶があってもおかしくないんじゃないか？」

「いや、もっと古い」

「もっと、千年前とかか？」

「推測だが、数億年以上は前だな」

驚《おどろ》いて口をポカンと開けるラインハルト。

「なんやそれ。勘違《かんちが》いちゃうんか？」

「中身はまだ見ていないが、記憶の大体の古さは分かるからな。ただ、ここまで古いと正確には分からん。もしかするともっと前かもしれん」

ラインハルトはそれを聞いて、ウラドの言葉を思い出す。

「『惑星真祖』……この星で生まれた最初の知的生命体」

「どうやらその言葉は嘘ではないみたいだな」

そしてブロストンはアリスレートから返ってきた魔力を、ラインハルト達にも共有する。

「記憶を確認《かくにん》するぞ」

そして、ラインハルト達の頭にアリスレートの記憶が流《なが》し込まれた。

第五話　アリスレート過去編５　『星の見る夢』

『惑星真祖』アリスレート・ドラクルが意識を持ったのは、まだ地上が岩に覆《おお》われていた時のことだった。

この星を流れる魔力の流れ、それが極度に集約する場所があった。そこから偶然《ぐうぜん》生み出されたのが彼女であった。

場所はかつてあった巨大な大陸。

そこに一人。たった一人、あまりにも他に先んじて知性のある生命体として生み出された。

「……」

見渡《みわた》す限り岩の大地。

自分以外の生命はまだ海の中。ほとんどが形を目で見ることすらできない。

最初のうちアリスレートは自らの体に流れる膨大な魔力を使って、遊ぶのに夢中になった。

暴発させたり、思ったように力を出せなかったりしながら、長い長い時間遊ぶ中で思いのままに、イメージするままに自分の手足よりも上手《うま》く動かせるようになった。

星の魔力とのリンクによる膨大な魔力量もあり、自由自在に天変地異を起こし、時には大陸を好きな形に切り離《はな》したりして遊んだりもした。

だがやがてそれにも飽《あ》きた。

いつの間にか、小さな少女は思わず息を呑《の》むような美しいスタイルと顔立ち、そして真《しん》紅《く》の長い髪《かみ》を持つ大人の女性の見た目になっていた。

彼女には知性があった。

だからこそ、思ってしまうのだ。

（……ああ、誰かと。この胸のうちにある何かを誰かと分かち合いたい）

と。言葉というものはなかったが、彼女の心をあえて言葉にすればそうだったのだ。

だが、当然そんな相手などいようはずもない。

彼女は待つことしかできなかった。

全《すべ》ての生命はまだ海の中にあり、自分のように言葉を認識《にんしき》できるモノの誕生など、遥《はる》か先を待たねばならない。

沢山《たくさん》の出来事が起こった。

長い長い長い時。

太陽をエネルギーに変える生き物が生まれ、大陸が姿を変え、星が長い長い冬を迎《むか》え、小さく弱い者たちは融合《ゆうごう》し眼に見えるほどの大きさになった。

大陸は何度も分かれ、何度も衝突《しょうとつ》し融合した、その度に新たな生命が広がっていった。

——それでもまだ、彼女と対話できるものは現れない。

陸上に自ら飛び回る生命が現れた、海では魚たちが泳ぐ、背の高い木々が大地を覆った。

……それでもまだ、彼女と対話できるものは現れない。

種を持つ植物が誕生した、巨大な生物が大地を闊歩《かっぽ》した、その巨大な生物のほとんどが死に絶えた。

また、何度も大地は分離《ぶんり》と融合を繰《く》り返し、何度もマグマが噴火《ふんか》し。

そして……ようやく。

ようやく……火を使う者たちが現れた。

□□

アリスレートはその日、魔法で仕留めた巨大な猪《いのしし》型モンスターを持ってとある集落を訪《おとず》れた。

ズドン!!

と運搬《うんぱん》に使っていた風魔法を解除すると、地響《じひび》きのような音を立てて猪が地面に落ちる。

相当な大物である。これだけあればこの集落の人間が一年は飢《う》えることはないだろう。

「おお、これは……また素晴《すば》らしい……」

集落の村長が急いで駆《か》け寄ってきて、感嘆《かんたん》の言葉を漏《も》らす。

「これくらいわけないわ」

アリスレートは長い髪を掻《か》き上げながらそう言った。

「ありがたや……ありがたや……」

両手を合わせてアリスレートに向かって祈《いの》る村長。

「……」

そんな態度に苦笑《くしょう》しつつアリスレートは言う。

「あのさ。ちょっと話したいんだけど……かまわないかしら?」

それを聞いて、村長はバッと顔を上げる。

「もちろん、お聞かせください‼　おい、お前たち‼」

村長がそう言うと、駆け足で沢山の村人が集まってきた。

「アリスレート様が我々にお話があるそうだ。意識を集中させろ。全員で聞いて最終的に一言一句違《たが》えぬよう口伝として永遠に語《かた》り継《つ》ぐのだ」

村長の言葉に頷く村人達。

「もちろんですとも」

「我らが守神の神託《しんたく》。取りこぼすようではこの命で償《つぐな》うほかありません」

「いや、いいから。そういうのじゃないから。命とかいいから」

アリスレートがそう言うと。

「「「……（ゴクリ）」」」

と、村人たちが一斉《いっせい》に息を呑《の》む音が聞こえた。

（マズイぞ……何かご気分を害されるようなことをしてしまったやもしれぬ）

（恐ろしい方だ。その気になれば、我々など消し飛ばせてしまう……）

そう言って焦《あせ》り出す。

中には顔が真っ青になっている者もいた。

「……はあ」

ため息をつくアリスレート。

「もういいわよ。あなた達が元気で過ごせてるなら。感謝されるのも悪い気分じゃないし」

「おお……なんとありがたきお言葉……!!」

村長は感涙《かんるい》しながらアリスレートの前にひざまずく。

「我らが守神は偉大《いだい》なり、我らが守神は偉大なり……お任せください。今度の供物《くもつ》はより神聖で上等なものを用意させます。どうか今後も我々をお守りくださいませ……」

村人達も村長に倣《なら》い、膝《ひざ》をついて手を合わせアリスレートへの感謝の祈りを捧《ささ》げた。中には「おお、慈悲深《じひぶか》い。なんと慈悲深い……」と感涙するものまでいた。

「……よきにはからいなさい」

雰囲気《ふんいき》に流されてそんなことを言ってみる。

そう言って地面に顔を擦《こす》り付けるように頭を下げる村人達。

「「「ははー!!」」」

「……」

そんな村人達の様子にアリスレートは顔を引き攣《つ》らせるのだった。

□□

アリスレートは自らが住処《すみか》にしている石を積み上げて作られた家にやってきた。

村人達がいつの間にか作ってくれたものである。

星の激動時代の天変地異を生き延びてきたアリスレートからすれば、雨風くらいは全くどうということはないのだが、晒《さら》されてないほうが快適なのは快適であるため使わせてもらっている。

「……悪い子達じゃないんだけどなあ」

ただなんというか、自分を神様扱《あつか》いするせいで普通に会話をすることができないのである。

（まあ、あの子達の気持ちも分からないわけじゃないんだけどさ）

実際に彼《かれ》らが恐れている通り、アリスレートはその気になれば彼らの集落くらいならば、指先一つで一瞬《いっしゅん》で消し炭に変えることができる。

そういう力を持っているのだ。

そんな相手が「そんなことはしないから、普通に接してお喋《しゃべ》りとかしたいんです」と言っても「はいそうですか」とはならないだろう。

常に細心の注意を払《はら》い、絶対に機嫌《きげん》を損《そこ》ねないように丁重《ていちょう》に扱うに決まっているのだ。

それは分かっている。

分かっているが……。

「せっかく、話せる生き物が生まれたのにな……」

そう呟くと、アリスレートは家の中にある石板に書かれた模様を見た。

「……やっぱり、自分でやるしかないわよね」

そしてアリスレートは、魔法で石板に模様を刻んでいく。

これは彼ら……人間達が作り出した魔法である。

アリスレートの得意とする自然の魔力《まりょく》を利用した魔法ではなく、この世界の「どこか別の場所」から流れ込んで来る力を使う魔法だ。

自然の魔力を利用する魔法は自然現象を模した攻撃《こうげき》目的や防御目的の魔法、つまり戦闘《せんとう》において効果を発揮する使い道がほとんどである。

しかし、この「どこか別の場所」から流れ込んでくる力を使う魔法は、色々な用途に使える。

傷を直したり、呪《のろ》いを解いたり、短い距離《きょり》だが一瞬で移動したり。

まるで、人間達の望むことがそのまま魔法に反映されるかのような魔法である。

人間達はこれを神の力「神聖なる力」を借りているのだと言っている。

アリスレートはこの魔法の応用性の高さに目をつけて、ある魔法を開発しようとしていた。

まだ全くもって体系化されていない魔法だが、別のジャンルとはいえ何億年もかけて自然の魔力を利用する魔法を深め尽《つ》くしたアリスレートは、どう改良すれば欲《ほ》しい結果が得られるかのイメージはついていた。

あとはだから、実際に使うだけ。

「……うん」

アリスレートはそう言うと、石板を持って家を出た。

外は真夜中。

空には大きな月が浮かぶ。

そして普段《ふだん》と違うところが一つ。

夜空に巨大な星が尾《お》を引いていた。

何十年に一度だけおきるこの現象。

今頃《いまごろ》、集落の方では大騒《おおさわ》ぎしていることだろう。

これを待っていた。

この星の感覚を共有するアリスレートには、今日この日にこれが来ることが分かっていたのだ。

アリスレートは全身に凄《すさ》まじい魔力を循環《じゅんかん》させる。

「今この日、この時に待ち人は来たれり。分かたれた欠片《かけら》は再び手を繋ぎ、大いなる大樹はその宿木《やどりぎ》をも自らの輩《ともがら》とす。祝福を、再生を、新たなる恵《めぐ》みを、永遠の生命を」

自分たちの住む星の魔力が凄まじい勢いでアリスレートに流れ込んでくる。

おそらく今、この星の各地の龍脈《りゅうみゃく》では普段の半分ほどしか魔力が流れていないだろう。

それほどまでに膨大《ぼうだい》な魔力がアリスレートただ一人に集約されていた。

そしてアリスレートはもう一つの詠唱《えいしょう》を開始する。

「この身を写せ異界の鏡よ。幻想《げんそう》は真実に虚像《きょぞう》は実像に、真実は妄想《もうそう》に。我《わ》が魂《たましい》に我が命ずる、生み出したまえ我が同胞《はらから》」

ゴオ!!

と莫大《ばくだい》な魔力がアリスレートから放出される。

その凄まじい輝《かがや》きは深夜であるはずなのに半径1km以上が昼間のように明るくなるほどであった。

放出された魔力はやがて、形を成していく。

それは人の形であった。

赤子の形。

自分と同じ、吸血のための犬歯が生えた、小さい小さい男の子。

「……あら、どうしてかしら？　私の分身を作ったはずなのに」

一応、魔力とか体の作りとかは自分と同じ特徴《とくちょう》は持っているみたいだが。

まあ、なにぶん探《さぐ》り探りでやった完全オリジナル魔法である。生み出せただけで大成功といったところだろうか？


んぎゃー!!　んぎゃー!!


男の子はたった今生を受けたことに自分でも驚いているかのように、ものすごく大きな声で泣き出した。

小さな体のどこからそんなパワーが出てくるんだと言いたくなるような全身全霊《ぜんしんぜんれい》での産声《うぶごえ》である。

「あ、あっと……」

アリスレートは性別としては女性であるし、おそらく種族としての型が近い。たぶん人とまぐわえば子供を成すことも出来るのだろうが出産の経験はなかった。

だからこんな時、どうしていいかさっぱり分からないのだ。

「あ、あの子達はどうしてたかしら……」

アリスレートは集落の女が赤ちゃんが泣き出した時にどうしていたか必死に思い出す。

とりあえず抱《だ》きあげて。

「よしよーし。いい子だからねー」

などと言ってみる。

「……」

すると、男の子はまるでアリスレートの言葉がわかっているかのように静かになって、こくりと頷いた。

「集落の赤ちゃんは、全然泣《な》き止《や》まなかったのに……。賢《かしこ》くて物分かりのいい子なのかしら？」

男の子はクリっとした目でアリスレートの方をじっと見つめていた。

「そうだ名前……名前は……」

アリスレートは少し考えた後に言う。

「ウラド。アナタはウラドよ、これからよろしくね」

□□

十二年後。

「あーもう、ムカつくわ‼」

アリスレートは夜に帰宅すると開口一番、そう言ってドカリと切り株の椅子《いす》に座《すわ》り込んだ。

「村長のやつ。いくら最近狩《か》れるモンスターや動物の数が減ってるからって、近くの集落の狩場《かりば》に手を出したらどうなるか分からないのかしら。話になんないわ」

石のテーブルに肘《ひじ》をついて、ブツブツと文句を言うアリスレート。

「ウラド、お酒ちょうだいお酒‼」

「アリスレートさん、今日も荒《あ》れてますね」

一人の少年が酒のたっぷりと入った木で作った桶《おけ》とコップを持ってくる。

年齢《ねんれい》はまだ十二歳《さい》だが、なかなかに綺麗《きれい》な顔立ちをした少年だった。まだ線は細いが手足が長くスタイルがいい。クールな印象を受ける目元や、声変わりをしていなくてもすで

にどこか落ち着いた感じのある喋り方《かた》なども相まって、すでに大人な印象を受ける。

この少年こそ、アリスレートが十二年前の夜に生み出した少年……ウラドであった。

「……そら荒れるわよ」

アリスレートはウラド少年の持ってきた酒を、コップになみなみと注ぐとグビグビと飲み干す。

「かあ!! たまんないわね」

喉《のど》を通る熱さが、精神的に疲労《ひろう》した体に染《し》みる。

ちなみに酒造の技術がまだ低い時代で、味はそうでも無いのだがアルコール度数だけで言えばかなり高い。本来は一気飲みするような代物《しろもの》ではないが、アリスレートはすぐさま次の一杯《いっぱい》を注いで、飲み始める。

「しかし、なんで男ってのは最終的に戦うことにしか頭が行かないのかしらね、あーもうムカつく」

ウラドはアリスレートに向き合うように椅子に座る。

「女や子供達を食べさせていかないといけないからではないですかね? もっと言えば、彼らは同じ雄《おす》同士で狙《ねら》った雌《めす》を他の雄に先んじて獲得《かくとく》することを目指しますから、争いや競争に考えがいくのは当たり前だと思うんですが」

「んなこた分かってるのよ。でも、負ければ男は皆殺《みなごろ》しだし女は奴隷《どれい》よ。そもそもちょっと下手《したて》に出てやれば交渉《こうしょう》する余地はあるのよ。それを言ったらあのアホ村長なんて言ったと思う？」

ウラドは黙《だま》りつつも、目で「なんと言ったのでしょうか？」と相槌《あいづち》を打つ。

「『そんな誇《ほこ》りを捨てるようなことはできません。我々はアリスレート様に選ばれた、特別な民なのだ。平伏《ひれふ》すべきは神の祝福を持たない、他の村の者たちである』ですって……アタシを殺し合う理由にするんじゃねっつの‼」

ドン、と飲み干したコップをテーブルに乱暴に置く。

「一応、叱《しか》ってきたけどここ最近は何回もこんなことを繰り返してるわ」

「苦労されてますね」

「そう、アタシは苦労してるの。大変なの。だから今日は死ぬほど飲むわよ」

□□

「くあ～」

アリスレートはテーブルの上にぐでんと突《つ》っ伏《ぷ》した。

「飲みましたね。アリスレート様」

「へへへ……飲まなきゃやってらんないわよ、へへへ……」

本来アルコールの毒素は強い魔力を持つ者なら打ち消せるのだが、今日は酔《よ》うためにやっているのだ。あえて毒素は中和せずに体に循環させている。

というかそうでもしなければアリスレートが酔うためには、大陸中の水を酒に変えて飲み干しても不可能である。それほどの魔力を持っている。

しかし、非常にいい気分である。

体がフワフワとして小賢《こざか》しいことを考えずに済む。

「ふっへへへ～、ふへっへへ～」

と、自分でも聞いたことのない謎《なぞ》の歌を口ずさんでしまうくらいには楽しくなっていた。

ウラドはそんな自分に川で取ってきた小魚を焼いたおつまみを持って来てテーブルの上に置く。

「ほどほどにお願いしますよ。死にはしませんがいつも二日酔《ふつかよ》いで苦しむんですから。介抱《かいほう》するのはワタシなんですからね」

「へいへーい」

アリスレートは少し黙ったあと、もう見慣れたテキパキと動くウラドの姿を見ながら。

「……悪いわね」

呟《つぶや》くようにそう言った。

「何がですか？」

「いつも愚痴《ぐち》聞いてもらっちゃってさ」

「気にすることはありませんよ。ワタシはそのために生み出されたのですから……アナタの傍《そば》で寄り添《そ》うために」

「そうなんだけどさ……」

そう。

ウラドはアリスレートが真っ当にコミュニケーションができる相手を望んで生み出した、自分の分身である。

どうやらコピーの際に何かあったらしく、性別も変わってしまったし能力としても自分と比べてかなり落ちてはいるのだが、基本的な『吸血種族』としての性質はちゃんと引き継いでいる。

そしてウラドはアリスレートの望んだ通り、こうして毎日話を聞いてくれて二日酔いに対する苦言まで言ってくれる。

もちろん本当に赤ちゃんの頃はかなり物分かりがいい子だったとはいえ、育児の苦労はあったのだが、物心ついて会話ができるようになってからはまさにアリスレートが望んだ理想的な相手としての役割をウラドはこなしてくれていた。

（……だけど、だからこそ）

だからこそ、思ってしまうのだ。

ウラドはそういう風に作られ、プログラムされたから自分にそういう風に接してくれているだけなのだと。

「ねえ……ウラド」

「なんですか？」

「私のことがめんどくさくなったら、どこかに行っちゃってもいいからね」

そんなことを言うと。

「めんどくさいかどうかで言うと、もうめんどくさいですね」

バッサリとそう言い切った。

「やっぱりめんどくさいか……めんどくさいよね私……」

項垂《うなだ》れるアリスレート。

「まあ、考えておきますよ」

ウラドは爽《さわ》やかに笑いながらそう言ったのだった。

■■

『メモリーアーチ』による記憶共有はそこで中断された。

「……すごいもん見てもうたな」

ミゼットは珍《めずら》しく唖《あ》然《ぜん》とした感じでそう言った。

「ああ、なかなか興味深い内容だった」

ブロストンも何かを考《かんが》え込むように顎《あご》に手を当てている。

「ただ、少なくともウラドという男が嘘《うそ》を言っていなかったことだけは分かったな」

「ああ……」

ラインハルトはその言葉に同意する。

アリスレートが自分の母であるということ、アリスレートが『惑星《わくせい》真祖』という特異な存在であるということ。

それらの信じがたい情報は全て本当だった。こうして記憶を見せられては、信じるしかないだろう。

「ただ、今回の事件の解明に繋がる情報は得られなかったな。やはりできる限りの防御策《ぼうぎょさく》をとるしか……」

ブロストンがそう言ったが。

「……いや」

ラインハルトが首を横に振《ふ》った。

「今の記《き》憶《おく》の中に奴《やつ》らがやろうとしていることのヒントがあった」

どういうことだ？　とブロストンとミゼットがこちらを見てくる。

「……ああ、てかそうだよな。目的は分からねえけど理《り》屈《くつ》で考えれば、奴らがやろうとしてることはこれの可能性が高いじゃねえか。クソ、相変わらず察し悪いな俺《おれ》は!!」

ブロストンやミゼット、そしてかつての仲間であったロゼッタやストライドのような頭のキレるやつなら、自分と同じ情報を持っていたのならとっくに気づいているはずだ。

まあ、自分の不《ふ》甲《が》斐《い》なさに苛《いら》立《だ》っていても話は進まないのですぐに切り替《か》えてラインハルトは言う。

「おそらくだが奴らがやろうとしてるのは『コメットストライク』。二百年前『吸血鬼の谷』で聞いた星の力を使う特《とく》殊《しゅ》な大《だい》魔《ま》法《ほう》だ」

「聞いたことのない魔法だな」

「ワイもやね。ワイら二人が知らんっちゅうことは前と同じ、『吸血鬼の谷』から外に出たことのない情報か？」

頷《うなず》くラインハルト。

「『コメットストライク』は、六十年～七十年に一度、俺たちの住むこの星に尾を引く別の小さな星が接近する時に、その小さな星の魔力を利用する。その魔力は大量かつかなり特殊なもので、めちゃくちゃ応用性が高いらしいんだよな」

「ふむ……つまり奴らは、その尾を引く小さな星の魔力を何かに利用しようとしていると言うことか。応用性が高いせいで何に利用しようとしているのかは分からんが」

ブロストンが顎に手を当ててそういった。

「しかし、なんで奴らのやろうとしてることが『コメットストライク』だって言えるんや？」

ミゼットの疑問にラインハルトは答える。

「『コメットストライク』には、十数万人規模の大量の人間の魂が必要なんだよ。それも本人の『任意』で生贄《いけにえ》に捧げないとならねえ。さっき見た記憶の中じゃ、アリスレートが一人で使ってたけど、多分『惑星真祖』ってのはその辺特別なんだろうな」

そこまで説明したところで、察しのいいブロストンとミゼットは理解したようだった。

「そうか……グールの魂の所有権は、元の吸血鬼に帰属するのか。そしてその『純血使徒』たちの魂の所有権も『真祖』に帰属する」

「奴らがグール集めてたんは、自分たちが任意で生贄にできる魂の数を揃《そろ》えるためか。ちゅうても、さすがにそんな数集まっとらんだろうし、そもそも、そんなにたくさん集めとったらもっと早く王族と特等騎士《きし》たちが動いとるわな。ってことは敵さんの次の動きも必然的に分かるわ」

ホントに理解がはええなこいつらと、思いながらラインハルトは言う。

「ああ、厄介《やっかい》な奴らの介入《かいにゅう》が起きる前に『一晩で十数万体の生贄を用意する』こと。つまり、これまで作ったグールたちをレストロア領全域に放つつもりだ」

グールに襲《おそ》われたものはグールになる。そしてそのグールに襲われたものはグールに。そういう性質上、グールはねずみ算式に増えていくのだ。

しかし、太陽の光に弱く一度に行動できるのは夜の間のみ。

だから、ウラドたちは全域にそれなりの数のグールを放つ頭数を揃えるために、今まで暗躍《あんやく》していたのである。

そしてすでにその頭数は『揃った』と、ウラドは言ったのだ。

昨晩は準備をしていたのだろうから何もなかった。

しかし、おそらく今夜は……。

「仕掛《しか》けてくるだろうな」

ブロストンはそう断言した。

「おそらくだが、すでにレストロア領全域のどこか日の当たらない場所にグールたちを忍《しの》ばせているはずだ。それを一気に解き放ちレストロア領中の人をグールに変える。大騒ぎになるだろうが、その時にはすでに自分たちは目的を達成している……という寸法だな」

ブロストンの予測に頷くラインハルトとミゼット。

もちろんこれは推測ではあるのだが、間違《まちが》いはないだろうと確信できた。

「そこまで分かれば話は早いな。奴らが仕込《しこ》んだグール共を片《かた》っ端《ぱし》から見つけて駆除《くじょ》するだけや」

ミゼットが麻袋《あさぶくろ》から取り出した武器を手にしながら言う。

「夜まで時間が無いな……役割分担決めよか。広域殲滅《せんめつ》向きのワイと対アンデット系の神性魔法が得意なブロストンが、これからすぐに駆除を始めるわ。ラインハルトはこのことをレストロア侯爵《こうしゃく》に報告。騎士団《きしだん》と連携《れんけい》して駆除に加わってくれ」

今度はラインハルトとブロストンが頷く。

ラインハルトとしては、自分が伝言役からの他者と連携しつつ動く役回りなのが、ちょっと昔のままでモヤっとするのだがどう考えてもこれが最適解だろう。

行動の方針は決まった。

しかし。


「あらあら、それは困っちゃうわねえ」

妖艶《ようえん》な女性の声が聞こえてきた。

「上級神性魔法『サタンホールド』」

女の声がそう響《ひび》くと、暗くなったとはいえまだ日の光がさしていたはずの教会が真夜中のように暗くなった。

（……こいつは内部の日の光を遮《さえぎ》る結界を張る神性魔法か!!）

超高難度《ちょうこうなんど》の魔法であり、これを無詠唱で使用したとなればかなりの使い手である。

そして。

パリン!!

と、教会のガラスを突き破《やぶ》って何人もの強力な魔力を持つ者が入ってきた。

「強いだけじゃなくて、頭も経験も知識もある敵って厄介よねえ」

その数、八名。全員の口元には特徴的《とくちょうてき》な吸血のための犬歯。

『十二使徒』の残る全員が集結したのである。

「貴方《あなた》たちは、計画が完了《かんりょう》するまでここにいてもらうわよ」

そう言って妖艶な笑《え》みを浮《う》かべる、リーダー格らしき女。

露出《ろしゅつ》の多い赤いドレスに身を包み、ウェーブのかかった長い髪を肩《かた》に垂らすその姿はいかにも吸血鬼《ヴァンパイア》らしいものだった。

もちろんらしいだけではなく、彼女《かのじょ》から感じ取れる魔力は『純血使徒』として充分以上。

間違いなくSランクでも上位の力を有している。

残る七人の『使徒』たちも、彼女ほどではないにせよ問題なくSランク級と言っていい実力が見ただけで感じられる。

「……全戦力を投入してきたか」

ブロストンがそう呟く。

ニヤリと笑うリーダー格の女。

「すでにグールたちは配置済みよ。日が暮れれば一斉に動き出す。貴方たちにはここでくたばりながらそれを眺《なが》めていてもらうわよ」

「……ふむ」

ブロストンは少し考えた後。

「役割分担はそのまま行こう、ラインハルトよ」

そう言ってきた。

「ああ、そうだな」

ラインハルトとしても同じ考えであった。

日が暮れるまでそれほど時間があるわけではない。八人の『純血使徒』に足止めを食う以上は、より騎士団や領主のクロムの協力が大事になる。

「よっと」

ラインハルトはアリスレートを担《かつ》ぐと、一度ブロストンたちの方を振り向いて言う。

「じゃあ、頼《たの》んだぜ」

「あらあら、一人逃《に》げるのかしら？」

リーダー格の女が言う。

「ただでさえ、数的に不利なのに一人減っちゃうなんて自殺行為《こうい》じゃない？　まあ、自己《じこ》犠牲《ぎせい》精神は美しいとは思うけど」

そう言って笑う。

「……まあ、Sランク級八人を二人で相手するとなると厄介だな」

ラインハルトはそんなやりとりを聞きながら足に力を込《こ》める。

「強化魔法『継瞬脚《けいしゅんきゃく》』」

魔力で足の筋線維《きんせんい》を動かし加速する瞬脚の応用魔法。

瞬間的《しゅんかんてき》な速さは大きく下がるが、代わりに長い時間連続で筋線維を魔法で動かすことができる。

それにより、ラインハルトが教会を出て行こうとした時。

「逃がさないわよ!!」

リーダー格の女がそう言うと、二人の『純血使徒』がラインハルトに襲いかかってくる。

アリスレートを抱《かか》えて逃走《とうそう》のために繊細《せんさい》な強化魔法を発動しているため、Sランク級に同時に襲い掛《か》かってこられるのは、かなり困る話なのだが。

「まあまあ」

飛び出してきたのはミゼットであった。

「第六界綴魔法《かいていまほう》『インパクトハンド』」

衝撃波《しょうげきは》を両手から放つ魔法で、襲いかかってきた二人の『純血使徒』を弾《はじ》き返す。

「ぐっ!!」

「ぬ!?」

「そんなつれないこと言わずに、ワイらと楽しもうや美しいご婦人」

ミゼットがいつものにやけ面を、リーダー格の女の方に向ける。

ラインハルトはその隙《すき》に教会を後にするのだった。

□□

「……ちっ」

走り去ったラインハルトの方を見て、リーダー格の女は舌打ちした。

「まあいいわ。そんなにくたばりたいならそうしてあげる。仲間と無辜《むこ》の民のためにその命を散らすといいわ」

何せSランク級八人相手に、たった二人である。

敵が強いのは先に戦った『十二使徒』たちが敗れたことで知っているが、さすがにこちらが圧倒的《あっとうてき》に優位。

三人ならばまだ勝機はあったものを……。

しかし。

「……ああ、勘違《かんちが》いしているようだな」

ブロストンは当然のように。

「先ほどオレは『厄介だな』と言ったのだ。『倒《たお》せない』とは全く思っていない」

そう言い切った。

「……」

こいつは頭がおかしいのか？

と訝《いぶか》しむ八人の『純血使徒』たち。

「さてミゼットよ。相手にするのは四人ずつで構わんか？」

「ええで。ただあのオッパイ大きい子はワイがやりたいな」

「一向に構わんが、おそらくあの女が一番の実力者だぞ？」

「かまへんかまへん。おっぱいへの欲求は全《すべ》てに勝るねん」

そんな余裕《よゆう》あるやりとりをする二人にイラっとくるリーダー格の女。

「いいわ。その呑気《のんき》な脳みそのまま死になさい!!」

そうして、八人の『純血使徒』はブロストンとミゼットに一斉に襲いかかるのであった。

□□

「……この辺がいいか」

教会から出たラインハルトは、街の中にある空き家の一つに入るとそこに結界を張って、ベッドの上にアリスレートを寝《ね》かせた。

不服ながらサポート魔法は得意なラインハルトである。

少なくともグール数体くらいでは破れない。

ラインハルトはすぐに空き家から飛び出して、再びレストロア邸《てい》へ向けて走り出す。

日暮れまで時間は短い。

一刻も早く対策を取らなくては、レストロア領に一晩の被害《ひがい》では歴代最大の吸血鬼災害が起きることになるだろう。

「……それに、ちょっと嫌《いや》な事態も想像できちまうしな」

教会を飛び出して走っている時に、ふと思ったのである。

敵はなぜラインハルトたちが、あの教会にいることが分かったのだろうか？

ご丁寧《ていねい》に残る八人全員を集結させているあたり、事前に確信を持って動いていた可能性が高い。

誰《だれ》かが情報を漏《も》らしていた？

考えてみれば、いくら夜に『純血使徒』の圧倒的な能力を以《も》ってことに当たっていたとはいえ、今回の事件は『オリハルコンフィスト』が来るまで、クロムや騎士団は後手後手に回りすぎである。

まるで、相手に情報が筒抜《つつぬ》けであるかのように、騎士団が手厚く配備されている場所を避《さ》けての失踪《しっそう》事件ばかりであった。

そして、ラインハルトたちがあの時間にあの教会を利用することを知っているものなど、そう多くはないだろう。

……となると最も可能性の高いのは。

「やっぱり、そうなるよな……無事でいてくれよレストロア侯爵」

□□

「……ふう」

クロムは執務室《しつむしつ》で息をついた。

「敵が襲撃《しゅうげき》してくるかもしれない夜の時間が迫《せま》っているというのに、ほっと一息という感じのため息とは余裕だなクロム。さすがは我が領の領主殿《どの》だ」

隣《となり》にいるのは兄のジェームズである。

今日も恰幅《かっぷく》がよく決して美形とはいえないが優《やさ》しげな顔立ちの弟に対し、細身で長身のクールな雰囲気《ふんいき》のある美形の兄と、対照的な兄弟であった。

「まあ、そう言わないでくださいよ兄上」

兄の皮肉めいた言い回しにも、慣れているのか穏《おだ》やかに答えるクロム。

「ようやく明日、特等騎士と騎士団の大部隊が到着《とうちゃく》するんです。ひとまずは安心できますよ」

いくら吸血鬼達《ヴァンパイアたち》が強いとはいえこちらには『オリハルコンフィスト』もいる。さすがにどうにもならないだろう。

逃げられることはあるかもしれないが、少なくともレストロア領に留《とど》まって悪さをするのは自殺行為となる。

「それもこれも兄上のおかげですよ。こうして手際《てぎわ》よく準備を済ませてくれましたから」

こうしてジェームズがクロムの執務室を訪ねて来たのは、騎士団受け入れの書類上の準備が完了したことを知らせに来たのだった。

特等騎士と大部隊を受け入れるとなれば、行政上かなりの量の複雑な書類が必要となる。

「ふん、この程度できて当然だ。できないやつが無能なのだ」

吐《は》き捨てるようにそう言った兄に対し、改めて苦笑《くしょう》するクロム。

そうは言うが、本来なら行政法の専門家数名が四苦八苦してなんとか完成させるモノを、ジェームズはたった一人で特等騎士たちの到着前に終わらせてしまったのである。

「昔からそうでしたが、兄上は優秀《ゆうしゅう》ですねえ……」

しみじみとそう言ったクロム。

「……」

ジェームズはそれに答えず、黙ったまま立ち上がり壁《かべ》にかけてある一枚の肖像画《しょうぞうが》の前に歩いた。

それは二人の父である先代のレストロア侯爵の肖像画であった。

「……そうだ、俺は優秀だった」

ジェームズはボソリと、呟くようにそう言った。

「……優秀だったんだ。誰よりも……クロム、お前よりもだ」

「兄上……？」

急に少し様子のおかしくなった兄に眉《まゆ》を顰《ひそ》めるクロム。

「なのに……父は俺に領主を継《つ》がせなかった。俺の体が弱く、生まれつき性機能が不能だったからだ。領主を継ぐものは健康で健全な者がいいと、弟を領主に選んだ!!」

言葉にしながら、どんどんと怒《いか》りの感情が滲《にじ》み、語気が強くなってくる。

「兄上それは……!!」

立ち上がって兄になにか伝えようとするクロム。

「おかしいだろ!! ふざけるな!! 俺が長男なのに!! 俺の方が優秀なのに!!」

ジェームズは向き直って今度はクロムに迫ると。


グサッ!!


いつの間にか手に握《にぎ》られていたナイフで、クロムの心臓を突き刺《さ》した。

「……ごふっ⁉」

驚愕《きょうがく》の表情と共に、口から血が滲む。

「あ、兄上……」

「戻《もど》すんだ。全てをあるべき正しい姿にな」

バタリとその場に倒れるクロム。

そしてジェームズは、自らの血溜《ちだ》まりに倒れたクロムの服のポケットを探る。

「……やはりここだったか」

ジェームズがポケットを探ると、そこにあったのは宝石が持ち手の部分に嵌《は》め込まれた鍵《かぎ》だった。


――見つけたか、ジェームズよ。


聞こえてきたのは男の声。

そして血の霧《きり》と共にどこからともなく現れたのはウラドだった。

「はい、ウラド様」

ジェームズは膝《ひざ》をついて、つい今しがた手に入れた鍵を差し出す。

「レストロア領周辺の龍脈《りゅうみゃく》集約点。その場所を示す魔法石です。ずっと捜していましたがどこにも無かったので……やはり肌身《はだみ》離《はな》さず持っていたようです」

「よくやった。この計画には『コメットストライク』とこれが必要だからな」

魔法石のついた鍵を受け取るウラド。

「これで……ようやくか」

何かに思いを馳《は》せながら、鍵を見つめるウラド。

「……それで、約束の方は？」

チラリと目線を上げてウラドの方を見るジェームズ。

「ああ、約束は守るさ」

「おお……ありがたき幸せ……」

そう言って、ジェームズは恍惚《こうこつ》の表情を浮かべるのだった。

エピローグ

ラインハルトが到着し執務室に入ろうとした時。

「おとうさま!!　おとうさまぁ!!」

と、小さな女の子の声。

具体的には領主の娘であるミーアの泣き叫《さけ》ぶ声を聞いた時、悪い予感が的中したことをラインハルトは確信した。

すぐに執務室に飛び込むと、そこでは血まみれで倒れるクロムと、そんな父親に泣きじゃくりながらすがりつくミーアがいた。

「くそ!!　遅《おそ》かったか!!」

ラインハルトはクロムに駆《か》け寄る。

（息は……まだある!!）

これならラインハルトが応急処置をしてあとでブロストンに任せれば助かるかもしれない。

そう考え、治療魔法《ちりょうまほう》を使用するラインハルト。

「おい、死ぬなよ領主。可愛《かわい》い娘がいるだろうが。まだ一人にするにはええぞ‼」

そう声をかけながら、大きく出血している部分を魔力《まりょく》の膜《まく》で仮に塞《ふさ》ぐ。

ここからが難しい。壊《こわ》れた細胞《さいぼう》の縫合《ほうごう》と体力の増強、そして経絡《けいらく》の損傷の回復だ。

特に経絡の方はラインハルトはほとんど治療《ちりょう》する技術が無い。こういう生命維持《いじ》に関《かか》わる事態では最も大切と言っていいのだが……。

まあ、そんなことを言っても仕方ない、と気合いを入れ直し目の前の応急処置に集中しようとしたその時。

パリン‼

と、いう音と共に壁の中から一人、人間が出てきた。

「‼」

驚《おどろ》くラインハルト。

どうやら服装を見る限り、この屋敷《やしき》の従者の一人のようだった。

「よ、ようやく出られた」

「誰だお前は？」

ラインハルトは少し威圧感《いあっかん》を出しながら問う。

すると従者は素直《すなお》に恐《おそ》れて声を震《ふる》わせながら言う。

「く、クロム様の命で、ここ最近部屋の中に結界を張ってもらってその中でクロム様の様子を監視《かんし》していた者です」

「なに？　いや、確かにさっきの結界は解除までに時間がかかるというリスクを除けば、かなり強力に気配を遮断《しゃだん》できる上級魔法だったな」

目の前の男が使えるとは思えない。

「クロム様はもしも自分が直接狙《ねら》われた時に、その状況《じょうきょう》や犯人を特定して情報を騎士団に伝えられるように備えていたのです。私はそこまでしなくてもとはもうしたのですが……やはりクロム様の判断は正しかったようで……」

「なるほどな……やっぱりアンタすげえよ」

ラインハルトは倒れているクロムを見てそう言った。

先回りをしての念入りな準備を日頃《ひごろ》から行う。

そんな当たり前をやり続けられる男である。

「それで、クロム様を刺した犯人ですが」

「兄のジェームズだろ？」

「……!!　知っていたのですか？」

「推測できる情報が揃っていただけだ」

なにせブロストンたちに教会を紹介《しょうかい》した張本人なのである。

それに、最初に会った時から不満の多そうな顔つきをしていたというのもある。

「それで、どんなやりとりがあったんだ？　詳《くわ》しく教えてくれ」

「は、はいそうですね」

ラインハルトは治療をしながらも、従者からの話を聞く。

ジェームズが急にクロムを刺したこと、ウラドがやってきたこと、そしてどうやらウラドの目的は代々当主が管理しているレストロア領周辺の龍脈の集約点の位置を特定することだったらしいこと。

そしてそれが奴らの計画と、『コメットストライク』と関与《かんよ》しているということ。

「……なん、だと⁉」

話を聞いている最中に応急処置を終えたラインハルトだったが、そこまで聞いたところで冷《ひ》や汗《あせ》を流した。

（おいおい、やばいぞそれは）

龍脈の集約点というのは、その名の通り大地の魔力の流れ『龍脈』が集約する場所である。

その特徴《とくちょう》は、大規模な魔法を使用すれば龍脈の流れに乗せて広範囲《こうはんい》に魔法の効果を発揮できることにある。

その性質を使って何をするつもりかは相変わらず分からないが、少なくとも一つ確信できることがある。

「『コメットストライク』で得た別の星の魔力をそんなところに突《つ》っ込んだら、一歩間違えれば辺り一帯が吹《ふ》っ飛ぶぞ……!!」

「ほ、本当ですか!?」

驚愕する従者。

「ああ、そういう事例があるから龍脈の集約点は厳重に管理されてるんだ。少なくとも『コメットストライク』の発動中に、生贄《いけにえ》になる命の数が足りなくて不完全な発動になるとかそんなことになったらドカンだな。クソ!!　どこまでも迷惑《めいわく》なことしやがってウラドのやつ!!」

こうなれば、グールたちをどうにかすればいいわけではなくなった。

直接ウラドを叩《たた》いて魔法の発動を止めなくてはならない。

しかし、現状ブロストンとミゼットは『純血使徒』たちと戦っている。

そして騎士団の現状の戦力ではウラドを倒すのは厳しいだろう。何より各地に潜んでいるであろうグールにも対処しなければならない。

「行くしかねえのか……俺が……」

そう結論づける他なかった。

ラインハルトは治療を終えると、泣きじゃくるミーアの頭を撫《な》でて言う。

「ひとまず、応急処置はしたぞお嬢《じょう》ちゃん。だから泣くな。結果が出るまではお父さんは助かるって信じてやれ」

その言葉に涙《なみだ》を拭《ぬぐ》って頷くミーア。

強い子である。

ラインハルトは立ち上がった。

「ああ、しかし、やってらんねえなあ。ウラドのやつ俺より格上なんだぞ……マジで戦いたくねえ」

心の底からそう言ったラインハルトに従者は遠慮《えんりょ》気味に言う。

「……そうなのですか？」

「何がだ？」

「その失礼ながらラインハルト様は、あの『伝説の五人』の一人なんですよね？」

頷くラインハルト。

「貴方たちの若い頃《ころ》は戦乱の世。そういう勝機の薄《うす》い戦いも慣れたものなのではと思っていたのですが……」

ああ。

とラインハルトは従者の言葉に頷く。

実際に彼《かれ》の言うことは半分合っている。

二百年前の魔王《まおう》との戦争中は、敵の方が戦力が上の戦いなどしょっちゅうだった。

だが、ラインハルトはだいぶ状況が特殊だったのである。

「お前、『英雄《えいゆう》ヤマトの伝説』読んだことあるか？」

「え？　ええまあ。この大陸で読んだことの無い人間を捜す方が難しいとは思いますが……」

「あれの中に、俺が一人で自分より強い敵に立ち向かって倒したシーンってあったか？」

「……え？」

「ねえんだよ。恥《は》ずかしいことによ……全部ヤマトの奴が勝手に突っ込んで倒しちまうからよ」


そう。

本当にしょうもなく自分で言っててカッコ悪すぎて死にたくなる話であるが、ラインハルトは格上と一人で戦って勝ったことがないのだ。

まあ、ラインハルト自身が冒険《ぼうけん》の中でかなり強くなっていったので、雑魚《ざこ》狩りばかりしていたというわけではないのだが……。

「でも……まあ、やるしかねえわな今回は」

何せ時間が無いし、自分しか動ける奴がいない。

ラインハルトは従者に騎士団たちへの現状報告とグールに対する対処の伝言を頼んで執務室を出ていく。

向かう先は先ほど従者から聞いた龍脈の集約点。

自分よりも強い相手のいる場所。

「あれだな、普通《ふつう》にこええなこれ。つか俺この前、負けたばっかだぞちくしょう」

そんなことを呟《つぶや》くラインハルト。

よくあの馬鹿《ばか》は、呼吸をするように毎回毎回こんな戦いに突っ込んでいったなと改めて思う。

そんなことを考えていると。


「待て」


一人の男が声をかけてきた。

「俺《おれ》も連れて行け」

「……ハロルド」

先日一緒《いっしょ》にウラドに痛い目を見させられた、堅物《かたぶつ》の壮年騎士《そうねんきし》だった。

ブロストンが治療はしたが、まだダメージは残っているらしく足元はふらついている。

「話は聞いた。一人くらいは味方がいた方が、取れる戦略も広がるだろう？」

躊躇《ちゅうちょ》なくそう言ってのけるハロルド。

ラインハルトと同じく、ついこの前敵の強さを見せつけられたというのに……。

「お前は……凄《すご》いな。立派な騎士だよ」

首を横に振《ふ》るハロルド。

「そうではない。俺は愛する妻を持つただの一人の男だ。奴《やつ》らを捕《と》えて妻の安否を確認《かくにん》するまでは決して諦《あきら》めるわけにはいかんのだ」

そう言って決意のこもった目でラインハルトの方を見る。

「それも含《ふく》めて十分立派だよアンタは。頼もしいぜ」

ラインハルトは、ふうと一つ息をついて前を向く。

「……よし。じゃあ、いっちょやるか。ジャイアントキリングを」

□□
「……ここにいましたか」

龍脈の集約点の位置を知ったウラドだったが、ひとまず準備は他の者に任せてある場所に立ち寄っていた。

ラインハルトがアリスレートを隠《かく》した空き家である。

軽々と結界を打ち破り、中に入ったウラドはベッドの上ですやすやと可愛い寝息《ねいき》を立てるアリスレートを抱《だ》き上げる。

「変わりませんね……アナタは」

そして一瞬《いっしゅん》。ほんの一瞬だけ、ラインハルトたちが記憶《きおく》を覗《のぞ》いた時に見せたような優しい表情になった。

もちろんそれは刹那《せつな》のことで、すぐに陰《かげ》のある普段《ふだん》の表情に戻ってしまったのだが……。

果たしてそれに、どのような想《おも》いが込められているのだろうか？

「もうすぐです。もうすぐ終わります」

ウラドは一人、そう呟くのだった。

あとがき

皆さんお久しぶりです。

岸馬きらくです。『新米オッサン冒険者12巻』を最後までお読みいただき、ありがとうございます。

すでにご存知の方もいると思いますが、本作のアニメ化が企画進行中であると発表されました。アニメ化は岸馬の夢だったので、また一つ夢を叶えることができそうです。

人並みよりは頑張ってきたつもりですが、小説を書き始めた頃は夢のまた夢だったアニメ化がこんなに早く叶うかもしれないとは……人生どうなるか分からないものです。かなり運の部分も大きいと思います。

さて、今回はラインハルト主人公の過去編でした。

ラインハルトという人間は本人は十分すぎるくらいに優秀なのに、周りにいた人間たちが常識外れに優秀だったためにコンプレックスを持ってしまっている人間です。

意外と本当に自分は何をやっても一番ダメで、何もできなくて……という人よりもこういう人の方が多いのではないでしょうか？

スタジオきらくの仲間からも、ラインハルトに共感できるという人が何人かいたのでなかなかいいキャラクターだなと自分でも思います。

彼がこれから挑むのは、超優秀な仲間がいたために良くも悪くも経験してこなかったジャイアントキリングです。

できないことに挑戦する。難しいことに挑戦する。何歳からでも。

それはこの作品のテーマの一つでもあると思います。

彼がどんな答えを導き出すのか？

次巻はアリスレート過去編の決着ということで、楽しみにしていただけたらなと思います。


それから、コミックスの方では騎士団学校編が始まりました。

こちらに関しては荻野さんがキャラや展開を自分なりに作り変えて書いている部分が多く、岸馬自身「次はどんな風になるんだろうな」と楽しみにしているところがあります。

まあまだ騎士団学校編は改変しやすいと思うんですが、次のエルフォニアグランプリ編をどうするのかが、コミックスの大きな課題にはなると思います。

そもそも新米オッサン冒険者は最初からコミカライズしやすいように意識して書いているのですが、エルフォニアグランプリ編に関してはそこを完全にオフにして、文章作品でのクオリティを追及した部分になります。

おかげで僕自身かなり満足のいくデキになったと思っていますが当然意識してやっていない分、コミカライズでの再現はかなり難易度が高いとは思います。

まあでも荻野さんならなんとかしてくれるんじゃないかと思います。

凄い漫画家さんなので。


さて最後に岸馬が手がけている他の作品についてもの触れておこうと思いますが、同じＨＪ文庫様より出している『アラフォー英雄』のコミカライズ一巻が発売されました。ベテラン漫画家の戸田先生の作画とネームの坂井先生のお力もあり、大変好評を頂いており嬉しい限りです。実は原作の方は最終巻まで原稿の方は書き上げていまして、こちらの方も会心のデキと言っていいほど最高の物語になったと思います。

まだ読んでいなくて、興味を持っていただけた方がいましたら是非原作は三巻まで、コミックスは一巻までていますので手に取ってみていただけたらと思います。

それから商業ではありませんが、カクヨムの方に最近上げた岸馬の趣味百パーセントの作品『影山ラノベ作家目指すってよ』のほうも気になったら読んで見てください。

皆さんがもし、胸の中に何か夢があるのなら心が熱くなることを保証いたします。

それではまた、次の巻で。

小説第⑧巻は2023年10月発売！
作画／大前貴史
原作／明鏡シスイ
キャラクター原案／tef
8
信じていた仲間達にダンジョン奥地で殺されかけたが
ギフト『無限ガチャ』で
レベル9999
の仲間達を
手に入れ
元パーティーメンバーと世界に復讐&
『ざまぁ！』します！
週刊少年マガジン公式アプリ
「マガポケ」にて
好評連載中!!
作画：大前 貴史
原作：明鏡シスイ キャラクター原案：tef
コミックス
最新第⑧巻も
好評発売中！

信じていた仲間達にダンジョン奥地で殺されかけたが
ギフト『無限ガチャ』で
レベル9999の仲間達を
手に入れて
元パーティーメンバーと世界に復讐&
『ざまぁ!』します!
「小説家になろう」
四半期総合ランキング
第1位
(2020年7月9日時点)
①～⑦巻
好評発売中!!
レベル9999で
圧倒的無双!!!!!!
明鏡シスイ
イラスト/tef

コミカライズも連載中の
スナイパー英雄譚！
著／かたなかじ
イラスト／赤井てら
漫画：瀬菜モナコ
原作：かたなかじ
キャラクター原案：赤井てら
発売予定!!

魔眼と弾丸を使って
異世界をぶち抜く！
第17巻 2023年夏

HJ NOVELS
HJN36-12

新米オッサン冒険者、最強パーティに死ぬほど鍛えられて無敵になる。12

2023年6月19日　初版発行

著者——岸馬きらく

発行者—松下大介

発行所—株式会社ホビージャパン

〒151-0053
東京都渋谷区代々木2-15-8
電話　03(5304)7604（編集）
　　　03(5304)9112（営業）

印刷所——大日本印刷株式会社

装丁——WIDE／株式会社エストール

ISBN978-4-7986-3213-1　C0076

ファンレター、作品のご感想お待ちしております

〒151－0053　東京都渋谷区代々木2－15－8
(株)ホビージャパン HJノベルス編集部 気付
岸馬きらく 先生／Tea 先生